MODERN FANTASY STORY
텀블러 현대판타지 장편소설

투자의 귀신 제4권

초판 1쇄 인쇄일 | 2025년 04월 23일
초판 1쇄 발행일 | 2025년 04월 30일

지은이 | 텀블러
발행인 | 조승진

편집기획팀 | 이기일, 김정환
출판제작팀 | 이상민

펴낸곳 | 데이즈엔터(주)
주소 | (07551) 서울, 강서구 양천로 570, NH서울축산농협 NH서울타워 19층(등촌동)
전화 | 02-2013-5665(代) | **FAX** 032-3479-9872
등록번호 | 제 2023-000050호
홈페이지 | www.daysenter.com
E-mail | alldays1@daysenter.com

ⓒ 2025, 텀블러

이 책은 데이즈엔터(주)가 작가와의 계약에 따라 발행한 것이므로
본사의 서면 동의 없이는 어떠한 방법으로도 이용할 수 없습니다.

ISBN 979-11-427-0755-1
ISBN 979-11-7309-573-3 (세트)

※잘못된 책은 본사나 구입처에서 교환하여 드립니다.
※저자와의 합의하에 인지를 붙이지 않습니다.

※ 본 작품은 픽션입니다.
본 작품에 등장하는 인물, 단체, 지명, 국명, 사건 등은 실존과는 일절 관계가 없습니다.

투자의 귀신

제1장 인연	009
제2장 보복 아닌 보복	037
제3장 악어새	065
제4장 세탁기	095
제5장 대립	123
제6장 동맹	151
제7장 인생은 타이밍	179
제8장 감히 툭툭 쳐?	207
제9장 구원투수	235
제10장 실책	261
제11장 새로운 땅으로	299

 사람들은 방영호를 두고 '여의주를 잃은 용'이라고 표현하곤 했다.
 IL그룹의 아웃사이더, 왕좌를 포기한 비운의 왕자라고 불렸다.
 하지만 오늘, 확실히 알았다.
 '…여의주를 잃은 용이 아니었어. 여의주를 동생에게 물려줬을 뿐이야!'
 방영호는 동생 방태호에게 IL그룹 총수의 자리를 양보한 뒤, 방계회사를 떠돌아다니면서 풍운아로 지내 왔다.
 그동안 방영호는 뒷방 늙은이 느낌이 강했지만, 그것은 순전히 자신의 힘을 숨기고 '상왕'으로 군림하기 위한 빌드업에 불과했던 것이다.

군림 빌드업 끝에 숙청이라는 칼을 아무도 모르게 갈아 놓고 있었다.

"IL 계열사 이사진들과도 친분을 쌓고 지냈더군. 아주 작당모의들을 글로벌하게 하셨어?"

"아, 아닙니다! 부회장님, 오해십니다!"

"오해?"

방영호는 석동춘에게 또다시 잽을 날렸다.

휙!

석동춘은 반사적으로 몸을 잔뜩 움츠렸다.

하지만 잽은 페인트였다.

퍼억!

묵직한 보디 샷이 옆구리에 박혔다.

"컥!"

"리버 샷이라고 들어봤어?"

"캑, 캑캑!"

숨이 턱턱 막혀 온다.

방영호는 그런 석동춘 앞에 두툼한 서류뭉치를 내려놓았다.

"우리 신 부장이 결정적인 제보를 해 준 덕분에 일이 아주 쉽게 풀렸어. 그동안 회의 때마다 짜증 나는 걸 참느라 죽는 줄 알았는데, 오늘에서야 시원하게 푸는군."

석동춘은 '상왕'의 저력에 그저 놀라움을 금치 못할 뿐이었다.

[HMN 소통 및 교류 현황]
[IX홀딩스 경영진 활동보고서]

보고서에는 석동춘은 물론이고 IL그룹 전 간부들의 외부 활동 내역이 세세히 기록되어 있었다.

물론 그 내용에는 HMN과의 관계 역시 세세히 기록되어 있었다.

'…HMN을 지금까지 내치지 않고 붙들고 있던 것은 숙청을 위한 빌드업인 건가?!'

IX홀딩스는 방계회사인 IL그룹과 당연히 친분이 있을 수밖에는 없고, HMN 역시 IX홀딩스를 통해 IL그룹으로의 진출을 꾀하고 있었다.

IX홀딩스 이사진들은 HMN에게 IX인터를 바치고 금전적 이득을 취했고, HMN은 IX인터를 잡아먹으려 했지만, 결국 그것이 숙청의 빌미가 되었다.

'끝… 인가?'

자신도 모르는 사이에 벼랑 끝으로 몰렸다.

석동춘은 처절하게 외쳤다.

"컥! 사려마아 주시으시호오!"

"살려 달라?"

"기, 기호에이에르으…."

방영호는 석동춘의 안면에 펀치를 연달아 갈기기 시작했다.

퍼억, 퍼억, 퍼억!

"꼬르르륵······."

딱 죽지 않을 정도로만 팬 뒤, 방영호는 깔끔하게 손을 뗐다.

"자비는 아직 선을 넘지 않았을 때에나 베푸는 거고. IX인터를 HMN에게 팔아먹으려고 했던 그 순간부터 이미 데드라인을 넘었다는 걸 알았어야지."

"쿨럭······."

"이봐, 누가 이 쓰레기 좀 치워!"

석동춘은 가드들에 의해 끌려 나갔다.

마치 사냥꾼에게 반항했다가 흠씬 두들겨 맞은 고라니마냥 축 늘어진 그의 의식은 서서히 흐려져 갔다.

§ § §

실로 엄청난 폭행이 있었다.

-오우야, 늙은 생강이 맵다더니, 아주 제대로 털었네.

'석동춘은 크게 반항할 거라 생각했는데 의외로 순순히 얻어터지고 퇴장하네요.'

-방영호를 우습게 봤다는 걸 알아차린 거지. 이미 판이 끝났는데, 어설프게 반항하다 박살 나느니, 차라리 처맞고 동정표라도 얻으면 이득이라고 생각한 걸 거야.

'나름 합리적인 건가요?'

―아마 저 일에 연관된 작자들은 차라리 석동춘을 부러워할걸?

다소 멍해진 한결에게 방영호가 물었다.

"좀 민망한 꼴을 보였구먼."

"…아닙니다! 시원했습니다."

"시원?"

"원래 악인의 추락은 성실하게 일상을 살아가는 이들의 염원 아니겠습니까."

"후후, 그런가?

방영호는 한결을 바라보며 의미심장한 미소를 지었다.

그러다 불쑥 술잔을 내밀었다.

"간만에 뛰었더니 목이 마르군. 한 잔 주시겠나?"

"넵!"

한결은 시계를 테이블에 살며시 내려놓곤 방영호의 술잔을 채웠다.

그런 한결에게 방영호가 웃으며 제안했다.

"앞으로 우리 회사에 더도 덜도 말고 1년만 더 있어 주겠나?"

"예?"

"그 시계, 계약금이라고 생각하고, 나를 위해 1년만 일해 줘. 어때?"

너무나도 갑작스러운 제안인지라 한결은 당황했다.

방영호가 술을 들이켜며 설명을 이었다.

"조직의 썩은 부위를 도려내는 것은 무척이나 중요하지. 하지만 그만큼 어렵고 힘든 일이기도 해. 이 힘없는 늙은이가 일일이 두들겨 패는 것에도 한계가 있다는 뜻이야."

뭘 요청하는지는 알겠다.

"자네가 내 칼이 되어 주었으면 하네. 그리해 주겠어?"

한결은 고민에 빠졌다.

방영호의 의중에 따르는 것은 문제가 아니었다.

다만, 그 1년 동안 자신이 뭘 배우고, 뭘 얻을 수 있는지를 고민했다.

'칼은 쓰다 무뎌지면 버리는 소모품이잖아요?'

―하지만 명검은 장인의 손길을 타고 몇 번이고 날카롭게 벼려지기도 하지!

'내가 1년 동안 사냥개로 열심히 일한다면, 뭔가 얻는 게 있을까요?'

차상식은 회심의 미소를 지었다.

―있지, 노련함!

'아! 노련함!'

방영호는 공유찬을 가볍게 뛰어넘는 수완가이며 백전노장이다. 그런 그에게서 배울 수 있는 것은 그야말로 무궁무진하다고 차상식은 평가했다.

차상식이 그리 추천하니 한결은 방영호의 제안을 받아들이기로 했다.
시계를 들어 손목에 찼다.
"시계가 딱 맞네요!"
"잘 어울리는군. 그럼 한잔하세."
이제 한결은 새로운 보스 휘하에 들어가게 되었다.

§ § §

며칠 후.
IX인터의 염 대표는 복귀했고, IX홀딩스는 석동춘을 비롯한 경영진 세 명을 해고했다.
또한, 동화해운을 인수함으로써 의왕ICD의 지분을 유지할 수 있게 되었다.
한결은 IX인터와 IX홀딩스 전체의 재무정리 상황을 인지하고 그에 대한 업무를 이관받았다.
"앞으로 당분간 바빠지겠군."
"열심히 하겠습니다!"
공 상무는 한결과의 약속대로 IX홀딩스와 IX인터의 재무정리에 참여하고 자료를 수집할 수 있도록 해 주었다.
그러면서 한결에게 은근슬쩍 물었다.
"왜 굳이 재무정리에 동참하겠다고 나선 거지? 자네는

군이 이 업무에 배정될 이유가 없잖나?"

"CFA 레벨2의 자격과 CPA 수습에 필요한 경력을 쌓으려는 겁니다!"

"아하, 그래? 그렇다면 이해가 가는군. 수습이 하루 이틀에 끝날 일도 아니고 말이야."

"그렇죠."

"뭐, 우리 입장에서야 자네 같은 인재가 앞장서 준다면 고마운 일이지. 아무쪼록 좋은 경험하기를 바라네."

"감사합니다!"

한결은 IX홀딩스의 어둠 속에서 HMN으로 가는 밝은 빛을 찾아낸 느낌이었다.

아마 이 빛을 따라가다 보면 결국 차상식의 성불도 이뤄낼 수 있지 않을까 싶었다.

'아저씨가 없는 HMN은 지금까지 과연 어떤 행보를 밟아 왔을까요?'

-내가 없는 HMN은 생각해 본 적이 없었어. 상상이 안 되네. 아니, 솔직히 외면하고 싶은 마음이 더 큰 것인지도 모르겠네.

'아저씨의 평생을 바쳐 만든 회사이니까 당연히 그랬겠죠.'

공 상무의 지시로 재무정리 업무를 할당받은 한결은 곧바로 자료를 건네받기 시작했다.

자료는 그야말로 물밀 듯이 쏟아졌다.

정리 첫날부터 IX홀딩스 내 HMN의 재무간섭 자료는 PP박스 네 개 분량이 나왔다.

"와… 뭐가 이렇게 많아?"

"그동안 탈중국 자본을 잡네 마네 하면서 이사진들과 꽤 많은 마찰을 빚어 온 것으로 파악됩니다."

자료를 가지고 온 사람은 사내 회계담당자들이었다.

한결은 회계자료를 살피며 눈을 반짝였다.

'…탈중국?'

-오호? 어쩌면 '동백숲'과의 거래에 쓸 좋은 아이템을 얻을 수도 있겠다는 생각이 들지 않냐?

'이야, 이거 참, 인연이 깊네! 그쵸?'

-큭큭, 그러게 말이야!

'인연이 깊다는데, 왜 웃어요?'

-좋아서!

'음?'

한결이 자료를 살피는데 문자가 도착했다.

지이이잉!

코리아 엔젤스 고영탁 대표였다.

[고영탁 대표 : 법무대리인이 이제부턴 GP님과 다이렉트로 소통하면서 지내고 싶다고 합니다]

[나 : 그래요? 저야 좋죠]

[고영탁 대표 : 법무법인 홍익의 파트너 변호사랍니다. M&A 쪽에서는 전문가라니, 마음에 드실 겁니다]

-홍익?
'아는 사람들이에요?'
-음…… 글쎄, 이걸 아는 사이라고 해야 하나?
'무슨 대답이 그래요?'
차상식은 피식 미소를 지었다.
-그냥 뭐, 좋은 친구 하나 생겼다고 생각해.

§ § §

IX홀딩스의 긴급이사회가 열렸다.
이번 안건은 얼마 전에 열렸던 이사회에서 해고되어 공석이 된 이사진들을 새로이 채우고, 기존의 투자금을 상환한다는 내용이었다.
HMN의 투자고문들은 불편한 심기를 굳이 감추려 하지 않았다.
"원래 IX홀딩스의 회장 자리는 방영호 부회장님의 조카이신 방유진 씨의 것 아니었습니까? 이건 뭐, 거의 강탈수준으로 이사회까지 정리하시니… 전경련에 뭐라고 소문이 날지 걱정이 드네요."

"남의 집안일이야. 당신들이 신경 쓸 바 아니고."

"후회하실 텐데요?"

"그거야 두고 보면 아는 일."

방영호는 이사회를 아우르는 카리스마로 HMN을 압도해 버렸다.

"표결하세. HMN의 탈 IX홀딩스를 지지하는 쪽은 손을 들어 주시게."

"재청합니다!"

"좋아, 표결 끝났군."

HMN이 IX홀딩스에서 이탈하는 것에 전원 동의했고, 재청 두 건이 나와 HMN은 완벽하게 정리수순을 밟게 되었다.

자리에서 일어난 HMN의 관계자들은 가드들을 따라서 회사 밖으로 쫓겨났다.

이제 드디어 IX홀딩스에는 순혈들만 남게 되었다.

"우리 식구끼리 있으니 좋군. 그렇지 않나?"

"네, 부회장님!"

분위기가 한결 부드러워졌다.

HMN이 있었던 IX홀딩스는 예전의 그 찬란했던 세월을 잃어버린 듯 빛이 계속 바래 가고 있었기에 방영호의 등판은 그야말로 한 줄기의 빛처럼 느껴졌다.

"우리끼리 있으니 말인데, 이제는 슬슬 IL과의 합가를 생각해야 할 때 아니겠나?"

"HMN이 빠졌다고 해서 과연 이사회를 설득할 수 있겠습니까?"

"흠……."

"방유진 전 회장이 수감된 이후, 그 모친인 안미희 씨가 방만한 경영을 일삼다가 IL과 절연된 것 아닙니까."

방유진은 방영호의 조카이자 죽은 동생의 아들이다. 안미희는 동생의 미망인으로서 회사경영권을 탐내다 못해 아들을 탈세 및 공금횡령 혐의로 감옥에 보내 버리는 패륜을 저질렀다.

이후 방유진은 탈세만 유죄를 받아 집행유예로 풀려났으나 이미 경영권은 교체된 이후였다.

"IL그룹과 안미희 씨의 IX홀딩스는 골이 깊습니다. 아무리 HMN이 빠졌어도 접합이 쉽지는 않을 겁니다."

"그렇군."

"부회장님께서 회장 자리에 앉으신다면 모를까."

이것이야말로 초강수였다.

하지만 방영호는 IX홀딩스의 대표이사 자리를 맡을 생각이 전혀 없었다.

"IX홀딩스는 우리 가문의 뿌리인 일림상사를 품고 있어. 추후, 저놈의 순혈주의자들의 입을 막고 우리 가문의 후계를 우리 손으로 직접 세우자면 대표이사 자리는 공석으로 남겨 둬야 해."

"아! 그런 깊은 생각까지는 미처 하지 못했습니다!"

IL그룹은 이사회의 힘이 강력하여 회장의 지배력이 다소 약화된 상황이었다. 그렇기 때문에 이사회의 입김에 계열사 경영권이 교체되는 것은 물론이고 총괄회장의 자리까지 위협받기 일쑤였다.

방영호는 가문의 위세를 다시 세우기 위해 과감하게 동생들에게 경영권을 물려주고 아웃사이더를 자처하며 상왕으로서의 힘을 키운 것이다.

"IL그룹의 쓰레기 이사들을 치워 버리기 전까지는 죽어서도 편히 눈을 못 감을 걸세."

"그렇다면 사냥꾼을 키우신다는 것도 그런 이유 때문입니까?"

방영호는 빙그레 미소를 지었다.

"자네는 사냥꾼으로 범의 새끼를 키우나?"

"범이요?"

방영호는 신한결이라는 인재에 대한 평가를 내린 후였다.

방영호의 눈에 신한결은 범의 새끼였다.

제대로 성장한다면 백두간척을 뒤흔들 산중왕이 될 인재다.

"범은 은혜를 잊지 않는 영물일세. 하지만 어설프게 길들이려 하는 순간, 산군의 먹잇감이 되어 버리지."

"그렇다면 차라리 없애는 것이 낫지 않겠습니까?"

방영호는 고개를 가로저었다.

"길들일 수는 없어도 최소한 공생관계는 될 수 있지."

"아! 그렇다면 부회장님께서는 이를테면, 투자를 하고 계신다는 말씀입니까?"

"음. 그렇지, 투자. 그것도 꽤 수익률이 높은 투자일세."

그는 지금 진정한 '가치' 투자를 실현하고 있는 것이다.

§ § §

아직 어둠이 짙게 내려앉은 새벽.

한강 변의 물안개와 풀잎에 맺힌 이슬이 아스라이 서울의 여명을 준비하고 있다.

뚜벅뚜벅 한강 변을 걷고 있던 한결은 물끄러미 고개를 들어 저 멀리 여의도 금융가를 바라보았다.

"저기선 하루에 얼마의 돈이 오갈까요?"

-얼마가 되었건 간에 네가 상상하는 것 이상이라고 생각해라.

"…그래서 금융가가 치열한 거군요!"

증권가든 금융가든 간에 시장에 보이는 것보다 감춰진

것이 훨씬 더 많다.

그것이 바로 차상식이 아직도 귀신으로서 힘을 발휘할 수 있는 이유이기도 했다.

한결은 그렇게 여의도를 한 바퀴 둘러보곤 이내 여의도 오거리 앞에 우뚝 멈추어 섰다.

지이이잉!

얼마 지나지 않아 주머니에서 스마트폰이 울렸다.

"네, 여보세요?"

-네, 고객님~ 부동산입니다! 지금 어디 계시나요?

"오거리 앞에 서 있는데요?"

-아, 그러시구나! 저 지금 아파트 앞인데, 모시러 갈게요!

"아닙니다. 그냥 거기 계세요."

차상식의 추천으로 '여의도 리버타운'이라는 아파트를 구매하기로 결정한 한결은 부동산업자와 접선해서 매물을 살피기로 했었다.

리버타운은 오거리 왼쪽 블록에 위치해 있는 슈퍼 역세권의 아파트였기 때문에 찾기가 어렵지는 않았다.

"그런데 왜 하필이면 이 아파트예요?"

-내가 투자해서 지었거든.

"이야! 그럼 졸라 튼튼하겠네요?"

-흐흐! 여의도에서 일하는 놈들이 좋아할 만한 건 다 때

려 넣었지!

"아니, 그래도 그렇지 45억이면 너무 비싼 거 아니에요?"

차상식은 한결에게 여의도에 있는 지역으로 이사할 것을 권했고, 그중에서도 자신이 생전에 투자해서 지은 아파트를 추천했다.

심지어 구매비용 45억을 내주겠다고까지 했다.

-내 클라우드에 있는 45억짜리 코인을 준다고 했잖냐. 돈을 준대도 뭐래?

'그래도 그렇지 이건 너무 비싸지 않나… 싶어서요?'

-그만한 가치가 있어. 수업의 중반부에선 네게 반드시 필요한 파트가 되겠지.

'이 아파트가요?'

-흐흐, 두고 보면 알아.

매매가 45억의 아파트 앞에 도착하자 저 멀리 늘씬하게 쭉 빠진 아리따운 여인이 서 있었다.

그녀는 한결을 알아보곤 이내 종종걸음으로 달려왔다.

"어머~ 멋있어라! 목소리만 들었을 땐 그저 미남이겠거니 싶었는데, 완전 호남형이시네요~~."

"별말씀을요."

-이야! 영업력 오지네! 야야, 사탕발림은 저렇게 하는 거야! 알겠냐?

부동산업자는 한결에게 명함을 건네주었다.

[리버시티 랜드 종합부동산 중개인 임가윤]

"임가윤이라고 합니다!"

명함에는 한국감정원 출신에 부동산학 박사까지 취득한 경력이 나열되어 있었다.

'헤에? 감정원 출신?'

―야아아악간 연상이긴 한데, 괜찮지 않냐? 잘해 봐!

'거의 열 살 차이는 날 텐데, 약간 연상이라고요? 그냥 아저씨 취향 아니고?'

―큭큭, 들켰냐?

'확, 사모님한테 이르는 수가 있어요?'

―아, 거 새끼 진짜! 말이 그렇다는 거지!

차상식은 곧바로 꼬리를 내렸다.

한결은 임가윤의 명함을 잘 갈무리했다.

"네, 잘 부탁드립니다. 그럼 일단 매물부터 좀 볼까요?"

"네, 그러실까요?"

사근사근한 말투에 간드러진 목소리까지, 어떤 직종에 있었더라도 충분히 성공했을 만한 인물이었다.

한결은 그녀를 따라서 총 1,200세대로 이뤄진 아파트의 산책로를 걷기 시작했다.

"금융가에서 일하시나 봐요?"

"아니요, 그냥 개인투자 좀 배우면서 회사생활 하고 있습니다."

"어머! 그럼 성공하셨나 보다! 이런 좋은 아파트도 보러 오시고!"

"그건 아닙니다. 제 스승님께서 워낙 돈이 많으셔서 선물로 주시려는 겁니다."

임가윤은 손뼉을 치며 한결의 말에 맞장구를 쳤다.

"그쵸! 젊은 사람들이 사기엔 좀 비싼 아파트이긴 하죠! 그래서 그런지 부유한 가문의 자식들이 결혼해서 둥지를 많이 틀더라고요. 부모님 댁인 한남동이라든지 강남이랑 비교적 가깝고 인프라도 좋아서요!"

"아하!"

"아파트에 산책로 있지, 헬스장 있지, 상가에 술집까지, 없는 게 없어요! 심지어 키즈파크랑 작은 놀이동산도 있다니까요?"

이제야 한결은 차상식이 왜 그렇게 이곳을 고집했는지 알 것도 같았다.

'인맥을 키워 주시려는 거예요?'

-인마, 인맥이라니! 전서구! 정보통!

'아이고! 비둘기 사육장이 45억이라니.'

-그냥 비둘기냐? 졸라 돈 되는 비둘기야!

한결은 산책로를 지나 201동 38층으로 올라가는 엘리베이터에 올라탔다.

아파트는 블랙 앤 그레이로 꾸며진 모던한 인테리어에

통유리창 덕분에 전경이 뻥 뚫린 것이 인상적이었다.

"한강 뷰는 당연히 보이실 거고, 밤에는 시티 뷰가 예술입니다!"

"풍경은 정말 좋겠네요."

"그럼요!"

"윗집에는 누가 사세요?"

"이웃 간의 정보는 비밀이라서 열람은 불가능하세요. 그냥 오며 가며 마주치면 인사하시는 정도의 접촉은 가능하시겠네요."

"음······."

"층간소음 걱정이라면 안 하셔도 됩니다! 윗집에서 콘서트를 해도 아랫집으로는 소음이 정말 하나도 새지 않을 거거든요!"

"완벽방음이라는 거죠?"

"물론이죠!"

—후후, 어떠냐? 이 싸부의 작품이!

이 아파트에서는 차상식의 성격이 그대로 묻어났다.

병적이라고 할 수 있을 정도의 완성도와 단 하나의 디테일도 놓치지 않은 깐깐함이 그대로 녹아 있었다.

"계약하시죠."

"아! 그러시겠어요?! 정말 탁월한 선택을 하셨네요! 그럼 대금은 어떤 방식으로······."

"현찰로 드려야죠."

"어머나, 맞다! 스승님께서 화끈한 부자라고 하셨지! 좋겠네요~"

"다만 현금은 회사를 통해서 드려도 되죠?"

"네, 그럼요!"

한결은 차상식의 차명으로 만든 회사의 최대주주 신분이며, 폐쇄적 구조의 기업을 굴리고 있기에 자금융통은 상당히 자유로운 편이었다.

이제부터 어지간한 자금은 이런 식으로 출자될 것이다.

―이야, 그럼 이젠 한강 변에서 쏘주 한 잔씩 땡길 수 있는 겨?

'그래요! 한강 변에서 소주 한잔합시다!'

한결은 드디어 보금자리를 얻었다.

§ § §

여의도에서 강남으로 출근하는 첫날.

평소보다 일찍 밖으로 나왔지만 지하철역이 너무 가까워서 그런 노력이 허탈해졌다.

"초역세권이 좋기는 좋네요?"

―돈 많은 놈들이 자가용 몰고 다니는 빈도가 높기는 해. 하지만 진짜 시간을 절약하는 사람은 걸어서 움직이는 동

안에도 일을 한다고. 젊은 투자자가 그런 집중력을 발휘하기엔 지하철이 딱이지!

"아하! 그러니까 이 아파트는 젊은 자산가들을 최대한 끌어 모으기 위한 빌드업인 거네요?"

-당근이지! 물론 이걸 지어 놓고 얼마 안 되어 내가 죽었다는 게 문제였지만.

차상식의 빌드업 덕분에 한결은 편하게 출근도장을 찍을 수 있었다.

지이이잉!

지하철역에 들어가려고 할 때, 스마트폰이 울렸다.

[김유철 : 방금 한은 쪽에서 정보가 하나 들어왔어! 참고해!]
[첨부파일 : 1개]

아침부터 정보가 도착했다.

-머슴이 상전을 위해 정말 불철주야 뛰어다니는구나~

'그럼 뭔지 한번 볼까요?'

이제는 손을 놓고 있어도 정보가 하나씩 들어온다.

아마 이제부터는 의외의 장소와 사람에게서 정보가 들어오게 될 것이다.

그걸 위해서 차상식은 한결을 여의도에 자리 잡게 한 것이기도 했다.

[해외 출자금 관련 정밀조사 방침]
[대상 : 금융권 전역]

'…해외 출자금을 정밀조사한다니? 무슨 일이라도 있나?'
-무슨 일이야 끊임없이 일어나지. 고조선 시대부터 이놈의 한반도가 언제 조용한 적이 있었냐?
'하긴, 뭐, 그야 그건 그런데…….'
한결은 이 정보를 스마트폰에 잘 저장했다.
지하철역으로 들어가 열차를 기다리는데 3분 뒤 도착이라는 전광판 문구가 보인다.
'집에서 역이 가까우니까 기다리는 시간도 줄어드네요.'
-뭐 그렇다고 지하철 하나 가지고 45억씩이나 투자한 건 아니고.
'큭큭, 그렇긴 하겠죠.'
한결이 홀로 미소를 지으며 열차를 기다리고 있는데, 바로 옆으로 한 남자가 스윽 다가왔다.
"저 앞에 리버타운?"
"…네?"
"아까 나오면서 봤어요. 201동 사시잖아요. 전 301동!"
"아, 네, 그러시군요."
"어디, 출근하시는 길?"

"네, 보시다시피."
남자는 한결에게 명함을 스윽 내밀었다.

[블리츠 증권 주식영업 1팀 육성관 차장]

"증권사 딜러시군요."
"여기서 금방입니다! 그쪽은?"
한결 역시 명함을 꺼내 육성관에게 건네주었다.
그러자 그의 표정이 묘하게 밝아졌다.
"이야, 역시! 포스가 딱 대기업이었다니까. 오, 벌써 부장이시면 엘리트이시네요."
"멘토를 잘 만나서 그렇죠."
"크! 줄 서는 것도 아주 예술로 서셨나 보네. 아무튼, 그럼 오며 가며 인사나 하면서 지내자고요. 저녁에 가끔 술도 한 잔씩 하고!"
"네, 그러시죠."
"아, 그러고 보니 대현차 주식이 요새 널뛰고 있더라고요. 참고하세요."
"아, 감사합니다!"
육성관은 한결의 전동차가 도착하자 뒤에서 문이 닫힐 때까지 손을 흔들어 주었다.
"크흐, 최연소 부장! 멋지다!"

"아하하… 그럼!"

열차가 지나가고 나서야 한결은 참았던 한숨을 토해 냈다.

'어휴, 정신없어!'

-그래도 도움이 아예 안 되지는 않을걸?

참으로 희한한 이웃을 만났다.

§ § §

지하철에서 내려 IX홀딩스의 정문에 들어설 때쯤이었다.

빠앙!

경적 소리에 뒤를 돌아보니 방영호 부회장이 차창을 열고 서 있었다.

"출근하는 길인가?"

"네, 부회장님! 안녕하십니까!"

"타게. 할 얘기가 있어."

"알겠습니다!"

굳이 차에 태우는 것을 보면 뭔가 은밀한 이야기가 있는 모양이다.

한결은 차의 보조석에 서둘러 올라탔다.

-어, 이런 건 안 알려 줘도 잘 아네? 높으신 양반들 옆자리엔 함부로 앉지 않아야 한다는 거.

'이 아저씨가 누구를 아예 꼬맹이로 아나!'

-크크크!

방영호는 앞 좌석에 앉은 한결에게 물었다.

"아직 IL그룹이랑은 안면 없지?

"네, 아무래도 방계회사다 보니 친분은 없습니다."

"조만간 내가 자리를 마련해 줄 테니까 투자 쪽 부장 라인들이랑 식사 한번 해. 그쪽에서도 자네에 대한 기대가 큰 것 같더라."

"아! 감사합니다."

"그리고 이번에 대현 쪽에서 몽니 좀 부릴 거야. IX홀딩스 전 재무이사가 싸 놓은 똥이니까 그러려니 하고 치워 줘."

대현은 대한민국 재계서열 1~2위를 다투는 대기업이다. 그런 회사에서 몽니를 부릴 일이 뭐가 있단 말일까?

'아까 아침 뉴스에 대현차 얘기가 나오긴 했는데, 설마 하니 그건 아니겠죠?'

-또 모르지. 저쪽에서 너랑 친해지고 싶어서 정말 괜찮은 건수 하나 던졌을지도.

'엄청 가볍게 대하길래 그냥 그러려니 했는데, 내가 사람 보는 눈이 별로 없나 봐요!'

한결이 아주 찰나의 순간에 상념에 잠기자 방영호는 그의 정신을 바짝 일깨워 주었다.

"말이 나와서 하는 얘기인데, 대현차 문제를 해결하면서 전임 대표이사들의 채권운용 실태도 좀 알아봐 주겠나?"

채권이라는 단어에 한결은 상념에서 깨어났다.

'하고 많은 것들 중에 하필 채권을?'

—방영호의 픽에는 이유가 있겠지. 그치?

'뭔가 재미있는 일이 벌어질 것도 같은데요?'

제2장
보복 아닌 보복

출근해서 회의를 소집해 보니 정말 대현차 쪽에서 사건을 일으켰다는 사실이 파악되었다.
 "대현그룹이 부품 컨소시엄을 해산시켰다?"
 "오늘 아침에 들어온 소식입니다. 너무 뜻밖의 일이라 저희들도 너무 당황스럽습니다."
 "흠……."
 "이제부터 대현차 부품조달 사업자를 전부 공개입찰로 전환하겠다고 합니다."
 "우리랑 파트너 관계였는데요?"
 "컨소시엄이 해체되었으니 별수 없지요."
 "기존의 파트너를 우선협상대상 없이 공개입찰로 전환해서 밀어낸다?"

단순 몽니라고 보기엔 규모가 너무 컸다.
-크크크! 이걸 꼬장이라고 하는 거 자체가 몽니 아닌가?
'도대체 이유가 뭘까요?'
-절대로 한두 가지 이유만으로 대현차 정도 되는 회사의 컨소시엄이 해체되는 일은 없어. 대현차는 곧 대한민국 자동차 시장을 대변하는 지표와 같으니까.
'…그렇다는 건 대현차의 행동 자체가 시장의 숨겨진 흐름을 대변한다는 얘기잖아요?'
-그래, 그게 키포인트야. 어느 시장이건 그 시장을 대표하는 메이커의 움직임에는 시장의 어떠한 사정이 숨겨져 있다는 것이지.
'어떠한 사정?'
순간, 한결은 방영호가 왜 이런 임무를 준 것인지 이해가 되었다.
'방영호 부회장은 뭔가 알고 있는 게 틀림없어요. 그러니까 이걸 몽니라고 표현했죠!'
-아이고, 그걸 이제 알았냐?
'엥? 아저씨도 뭔가 알고 있었던 거예요?!'
-다른 건 몰라도 방영호가 너를 키워 주고 있다는 건 알고 있었지.
'나를요? 굳이 왜요?'
-그것까진 나도 모르지, 인마!

한결은 현재 자신의 손에 쥐어진 단서들을 이리저리 조합해 보았다.

그러다가 불현듯 이런 생각이 들었다.

'한국은행?!'

-뭐?

'한국은행이요! 어째 해외출자의 비중을 낮추려 하는 것 같지 않아요?'

-그렇긴 하지. 그런데 그게 왜?

'해외출자 비중에 대한 조사를 한다는 게, 사실은 블루마린 사태에서 발생된 부실채권을 수습할 때까진 내 밑으로 싸닥션 하라는 뜻인 줄 알았거든요? 한데 그게 아닌 것 같아요!'

-오? 계속해 봐!

'확실하지는 않은데, 왠지 눈치를 보는 것 같다는 생각이 든단 말이죠? 그래서 억지로 출자는 제한시키되 실질적으로는 출자를 장려하고 있다는 거죠!'

-그러니까 네 말은, 이게 다 한국은행의 쇼라는 거잖나?

'그렇죠! 만약 진짜로 제한을 할 것 같았으면 아예 출자 자체를 틀어막아 버렸겠죠!'

아직 몇 가지 퍼즐이 맞춰지진 않았지만, 어쩐지 사건해결의 실마리를 찾을 수 있을 것 같다는 생각이 들었다.

한결은 우선 이명선 과장에게 지시를 내렸다.

"재무관리실에 연락해서 대현차 관련 출자내역을 좀 받아 주세요."

"지금 톡으로 요청하겠습니다······. 아! 보냈네요."

이전과는 달리 한결의 요청 한마디면 어떤 부서든지 간에 빠릿빠릿하게 움직여 준다.

한결은 곧바로 출자내역을 받아 살폈다.

그 내역서에서 한결은 꽤나 흥미로운 것을 발견했다.

과거 IX홀딩스에서 대현차와의 합작 수출 건에 대해 출자금을 제한한 적이 있다는 것이었다.

'협력사가 개념 없이 구는 바람에 대현차가 750억이라는 생돈을 바닥에 버렸다고 나오네요!'

-음! 이것으로 공개입찰 구실은 이미 만들어져 있었고, 그동안 꽁꽁 묵혀 두었던 것을 동맹파기에 대한 명분으로 세웠다는 거네?

'그렇죠! 그것도 굳이 이 타이밍에!'

한결은 확신에 가까운 예감이 들었다.

이 모든 것이 대현차가 원하는, 그리고 한국은행이 바라는 바에 맞춰 회사를 움직이려는 방영호의 계획에서 비롯되었다고!

상황이 파악되었다면 해야 할 일 역시 명확해졌다.

'그렇다면 표면적인 이유에 맞춰 행동해 줘야죠!'

-대현차의 750억 사건 말이야?

'대현차가 빈정 상한 것 같다, 그러니 우리가 좀 고개를 숙여야 할 것 같다! 뭐, 이런 식으로요.'

―완전히 1차원적으로 행동해 준다는 거잖냐?

'그게 원하는 바라면 그렇게 해 줘야죠!'

한결은 정말 1차원적으로 생각하는 사람처럼 행동하기 시작했다.

"이 건, 우리가 어디까지 참여합니까?"

"계약부터 출자까지만 담당합니다. 나머지 실무는 타 부서에서 조율하고요."

"좋아요, 그럼 물류 효율성을 기존의 8% 이상으로 높여 잡고 입찰경쟁에 뛰어들어 봅시다."

"…8%요? 대현차의 해외부품 수출 총액이 17조 이상입니다만."

"하지만 여전히 적자에서 헤어 나오지 못하고 있죠. 대현차도 출혈경쟁에서 승리하기 위해서 최선을 다하고 있다는 사실, 모두 다 알고 계시죠?"

한국의 대현차는 이미 일본의 타요다 자동차를 제치고 아시아 자동차 생산순위 1위의 기염을 토해 낸 바가 있었다.

하지만 부품시장에서는 완성차 시장을 뚫고 들어가서 이제 막 점유율을 높이고 있는 상황이었다.

"대현차가 수소차, 전기차에서 선두주자로 불리고 있는

만큼 부품의 수요가 점점 증가하고 있습니다만, 그렇다고 해도 아직도 다른 부품 메이커들에게는 많이 밀리는 것이 사실입니다."

"음!"

"하지만 지금과 같은 출혈경쟁이 1년만, 아니 두 분기만 지속되어도 내년이면 대현 글로벌 모비스는 대한민국 최초 부품 수출로 20조 이상의 매출을 바라볼 수도 있게 되겠지요."

"문제는 지속력이라는 말씀이십니까?"

"그렇습니다! 지속력이 떨어지는 물류사업은 오래 이어 나갈 수 없습니다. 한마디로 효율성을 극대화하지 않으면 살아남을 수 없다는 뜻이죠."

"아! 어쩌면 컨소시엄의 해산도 그래서?!"

"그럴지도 모를 일이죠."

분석이 물 흐르듯이 나온다.

사냥감을 찾는 연습을 한 결과가 이런 식으로 발휘되는 것이었다.

하지만 이것은 그저 떡밥에 불과했다.

"…라고 보통은 생각하겠죠. 그렇죠?"

"예? 그게 무슨 말씀이십니까?"

"왜, 예전에 우리 아버지 세대만 하더라도 고속도로에서 딱지 끊기면 신분증 밑에 지폐 한 장씩 얹어 주고 퉁 치곤

했잖아요?"

"맞습니다. 90년대만 하더라도 그런 일이 흔했었죠."

"우리도 이번엔 그런 식으로 대현차를 좀 달래 주자는 겁니다!"

"달래요? 어떻게 말입니까?"

"재벌들 동맹에 은근슬쩍 숟가락 얹어 주자 이거죠. 저번에 우리가 손해 보게 만든 750억에 한 1,000억쯤 더 얹어서 GL-삼선 물류라인에 끼워 주는 겁니다."

"아! 그렇게 해서 우리가 저 사람들 체면도 살려 주고 금전적으로도 이익을 취하게 해 주고요?"

"그런 거죠!"

-크크크! 와, 이 새끼 진짜 연기 많이 늘었네!

한결은 차상식에게 사냥법을 배우면서 중요한 한 가지를 깨달았다.

내가 필요한 것이 무엇이며, 그걸 가지고 있는 사람이 누구인지. 그리고 그 사람이 원하는 것이 무엇인지 파악하는 것이 중요하다는 것을 말이다.

§ § §

한결은 대현차의 체면을 살려 준다는 걸 골자로 보고서를 작성해 공 상무에게 올렸다.

그 보고서의 내용은 이러했다.

"현재 아시아에 걸린 미국의 자동차 규제를 뚫기 위해 인도에서 부품을 모듈화시킨 뒤, 그것을 브라질로 옮겨 완성차로 만든다는 기획인가?"

"그렇습니다. 창의성은 떨어지나 대현이 원하는 것은 다 들어가 있다고 봅니다."

최근 미국은 자동차 생산 부품에 대한 규제를 강화함으로써 완성차 시장에 대한 수입장벽을 높이 쌓고 있었다.

지금 그 규제를 뚫을 수 있는 방법은 우회 수출밖에는 없다는 게 정설이었다.

"GL과 삼선의 독점 물류라인에 대현차를 슬쩍 얹어서 대기업 물류클럽에 입성시켜 준다…. 그런데 그 돈은 우리가 조달해 줘서 대현차의 면을 살려 준다는 거 아니야?"

"맞습니다."

보고서를 읽어 본 공 상무는 순간적으로 인상을 와락 구겼다.

하지만 이내 뭔가 깨달았다는 듯, 피식 웃음을 지었다.

"이 친구 제법인데? 이젠 기밀도 깔 줄 알고. 다 컸어?"

"아직 상무님께 배울 게 많습니다!"

공 상무는 단번에 모든 걸 눈치 챘다.

한 발자국 물러나서 한결이 하는 것을 지켜보기로 했다.

마치 인터넷 방송의 시청자가 BJ의 행동을 지켜보는 것처럼 말이다.

"우리가 해외로 출자하는 거? 오케이, 천억 정도야 얼마든지 할 수 있지. 하지만 한은이 좋아하겠어? 안 그래도 눈치를 줬잖아. 블루마린 놈들이 만든 의왕ICD의 부실채권을 회수하는 동안은 좀 가만히 있으라고."

"결국 대현차의 기만 살려 줄 게 아니라 한은의 자존심도 세워 줘야 한다… 라고 시장은 생각하겠지요."

"후후, 맞아! 그래서 자네의 1차원적인 기믹… 아니, 대응책은 뭔데?"

한결은 철저히 1차원적으로 행동하고 있었다.

만약 그렇다면 그 이후의 대처방안도 1차원적으로 해 줄 필요가 있었다.

"안미희 씨를 팔아먹는 건 어떠십니까?"

"…누굴 팔아먹어? 전 대표이사 말이야?"

"네! IX홀딩스의 전 대표이사는 지금 이사회에서 빠졌지만, 그쪽에서 싸 놓은 똥 때문에 지금 이 사달이 난 것 아닙니까?"

"뭐, 그렇긴 하지."

"어차피 간 사람은 간 사람이고, 살 사람은 살아야 하지 않겠습니까?"

"…설마 관련 자료를 전부 한은에 넘기고 소명자료를 만들어 가자는 거야?"

"그리하면 한은에 최소한 측은지심 정도는 유발할 수 있을 것이라고 생각합니다!"

-크크크! 이 새끼, 기믹을 아주 재미있게 까네?

한결은 방금 전 방영호가 얘기한 '채권'이라는 것에 입각했을 때, 과연 1차원적인 행동은 무엇일지 생각해 보았다.

'아예 대놓고 나를 숙청의 칼로 쓰겠다고 했잖아요? 그럼 채권이라는 말을 듣자마자 1차원적인 행동을 보여야 맞는다는 거죠.'

-그게 전 대표이사에게 모든 잘못을 짬 시키는 거라고?

'그게 1차원적 행동패턴 아니에요?'

-아! 크하하하! 그래, 그게 맞지! 이야, 판이 재미있게 흘러가겠는데?!

한결의 황당한 전략을 들은 공 상무는 가만히 생각에 잠겼다.

그러더니 차상식과 비슷한 반응을 보였다.

"으하하하! 이 친구 재미있는 친구일세?"

"과찬이십니다!"

"그나저나 도대체 그런 어처구니없는 짓을 누가 해 준단 말이야? 잘못하면 바로 내부고발자라고 낙인이 찍힐 텐데."

한결은 회심의 미소를 지었다.

"내부고발자도 때에 따라선 청렴결백의 상징이 될 수도 있겠죠. 제가 하겠습니다!"

"…자네가 총대를 메겠다고?"

"까짓거, 그렇게 어려운 일도 아닌데 제가 하겠습니다!"

―구더기 무서워서 장 못 담그냐는 마인드여? 이 새끼 하여간 졸라 꼴통이라니까!

지금 한결의 행동패턴을 결정하는 것은 '1차원'과 '미친 척'이었다.

미친놈이 눈에 뵈는 것 없이 날뛰면 쉽게 해결될 만한 길을, 방 부회장이 깔아 주고 있기 때문이었다.

공 상무는 파안대소했다.

"으하핫! 뭐, 그래! 어디 한번 마음대로 해 봐. 대신 나도 책임은 못 져."

"물론입니다! 이건 순전히 저 혼자 미쳐서 내부고발을 하는 거니까요!"

§ § §

한국의 알프스라 불리는 대관령에는 안미희의 별장이 위치해 있다.

이른 아침부터 안미희의 별장 안이 발칵 뒤집어졌다.

"…어디?"

"한은입니다. 한은에서 의왕ICD 관련 악성채권 조사를 하다가 IX홀딩스의 내부고발을 받아 회장님을 소환할 예정이라고 합니다."

안미희는 방 씨 일가의 치졸함에 혀를 찼다.

"끈 떨어진 미망인이라고 아예 뒷방 늙은이 취급을 하네? 이야, 세상 무섭다! 그치!"

"일단 변호사부터 선임하시는 것이……."

"선임? 김 변은 어쩌고 선임 얘기가 나와?"

"IX홀딩스로 노선을 갈아탔답니다."

"어머나… 세상 참 지랄 같다! 그치?! 어떻게 사람을 손바닥 뒤집듯이 배신할 수가 있어?!"

"억울하셔도 어쩔 수 없습니다. 이게 지금 IX홀딩스에서 부장급 인사가 작정하고 총대를 멘 거라서 한은에서도 갸륵하게 봐주고 있다는 모양입니다."

"어머나……."

한은의 자존심을 세워 주겠다는 IX홀딩스의 전략이 완벽하게 먹혀들면서 안미희는 그야말로 낙동강 오리알 신세가 되어 버렸다.

이제 아들과도 절연해 방 씨 일가와는 아예 연줄 하나 없는 남남이니 딱히 기댈 곳도 없었다.

"…변호사 사 줘. 얼마나 든대?"

"아직 규모는 알 수 없습니다. 다만, 한은 쪽에서 강도 높은 조사를 시작할 경우엔 2년 이상 장기전도 대비하셔야 할 것 같습니다."

"어머, 지랄도 풍년이네! 그치?!"

"네, 뭐……."

안미희는 아랫입술을 짓깨물었다.

우득!

"…내부고발자 신원은 알아냈어?"

"신한결 부장이라고, 이번에 새로 명부에 이름 올린 신입이랍니다."

"두고 봐. 이놈의 방 씨 일가랑 엮어서 아주 한 방에 쓰레기통으로 처박아 줄 테니까!"

§ § §

늦은 밤, 한결은 방 부회장에게 보고서를 올렸다.

"안미희 씨가 한은 쪽의 고발을 받아 공정위의 수사망에 걸려들었습니다. 이제 처분만 기다리면 될 것 같습니다."

"내가 지시한 건 대현차동차와의 관계 개선일 텐데?"

"그래서 1,000억 원 추가출자도 진행 중에 있습니다."

대놓고 웃지는 않아도 방 부회장은 상당히 만족스러운 표정을 지었다.

다만, 겉으로는 짐짓 아닌 척 행동을 하고 있을 뿐이었다.

"그래도 아직은 공개입찰에서 우선협상대상자 선정을 했다는 얘기는 없던데 말이야. 일을 확실히 처리한 것 맞나?"

"확실합니다!"

"그래?"

방 부회장은 한결에게 '입찰자 3차 심사'라는 제목의 서류를 건네주었다.

서류에는 IX홀딩스의 최대 라이벌인 '한택글로벌'과 IX인터가 서류심사에서 우선협상대상자 경쟁을 벌이게 될 것이라는 내용이 담겨 있었다.

"여기에 맞춰서 준비를 해 봐."

"이미 대현차의 비위를 맞춰 놓았는데도 말입니까?"

"그거랑 이거랑은 다른 문제거든."

지금까지 1차원적으로 행동해 온 한결은 이제 2차원적으로 생각해 보기로 했다.

일전에는 숨겨진 의도를 파악하고 그와 반대로 행동했다면, 이번에는 숨겨진 의도 너머의 뭔가를 향해 머리를 굴리기 시작했다는 뜻이다.

'…말만 놓고 보면 이미 판은 다 짜 놨다는 것 같은데. 그렇다면 입찰경쟁 자체도 기믹이라는 뜻이잖아요?'

-뭐, 그렇게 생각할 수도 있지.

'기믹 너머에 뭔가 프로젝트가 있다……. 아! 그럼 앞에 깔아 놓은 기믹은 한은의 의도대로 누군가의 감시를 피해

서 1,650억을 해외로 출자하기 위한 것이었겠네요!'

-그렇지! 일단 1단계는 성공했다는 거야.

'흠…… 2단계에 대해 알아내려면 아직은 1차원적으로 행동해 보는 수밖에는 없겠네요!'

한결은 일단은 공개입찰에 낼 서류부터 만들어 보기로 했다.

"공개입찰에 다녀와서 보고서 올리겠습니다!"

"그래, 가서 한번 잘 보고 와. 판이 어떻게 흘러갈지 말이야."

"…아! 네, 알겠습니다!"

순간, 한결은 깨달았다.

방 부회장이 이번 입찰경쟁이라는 판 자체에 뭔가를 숨겨 놓고 있음을 말이다.

§ § §

대현차의 부품조달 사업자의 공개입찰이 보름 뒤로 다가왔다.

이미 명단에 이름을 올린 공개입찰 사업자 중에는 IX인터와 한택글로벌을 포함한 열다섯 개 회사가 있었다.

공개입찰 전, 마지막 입찰심사 서류제출 기간을 맞아 한택글로벌과 IX인터가 대현차를 찾아왔다. 한택글로벌에서는 전략기획실의 대외출자담당 전미윤, IX인터에서는 한결이 입찰담당자로 나섰다.

대현차의 전략기획실장을 찾아가기 전, 전미윤과 한결은 잠시 로비에서 대기하는 시간을 가졌다.

한결은 그녀에게 반갑게 악수를 건넸다.

"반갑습니다. IX인터 신한결입니다."

"여기저기 설탕물을 많이 바르고 다닌 것 같던데. 입찰경쟁은 좀 공정하게 하시죠?"

뭔가 날이 바짝 선 느낌이다.

마치 '적'을 눈앞에서 만났다는 듯이 말이다.

ㅡ너를 별로 달갑게 여기는 것 같지는 않은데?

'아이고, 깜빡했다! 우리 입장에서야 입찰경쟁이 기믹이지만, 저 사람은 아닐 수도 있잖아요!'

ㅡ큭큭! 그러니까 너는 입찰현장에서 경쟁업체에게 기싸움을 건 거네?

'어! 이게 또 그렇게 되는 건가?'

ㅡ짜식이 가끔 이렇게 맹꽁이처럼 굴 때가 있다니까?

결국 전미윤은 한결을 완벽히 '적'으로 인식해 버린 모양이었다.

악수를 하면서도 여전히 떨떠름한 표정이다.

"…전미윤 차장입니다."

"잘해 봅시다! 안 그래도 서로 선의의 경쟁을 펼치고 있는 사이 아닙니까?"

"아직 잠이 덜 깨셨나? GL-삼선 물류동맹에 1,650억 우선출자가 선의라고요? 당신들은 도덕적 의식이 전혀 없는 사람인가 봐요?"

-어허허! 이 아가씨, 쎄네! 야, 야, 괜찮겠냐? 나가서 기저귀라도 좀 차고 와야 하는 거 아니야?

한결은 기폭제를 당겼다는 듯, 아까보다 훨씬 더 날카로워지고 말았다.

'…순식간에 사람을 개새끼로 만들어 버리네?'

-크크크! 저쪽 입장에선 네가 개새끼 맞지!

'와, 나 진짜…….'

한결은 뭔가 본능적인 직감 같은 것이 느껴졌다.

전미윤이라는 사람과 자주 마주치게 될 것 같다는 느낌 말이다.

잠시 후, 대현차의 전략기획실장 측에서 들어오라는 신호를 보냈다.

"두 분, 올라오시랍니다."

"네!"

한결은 씩씩하게 대답하며 성큼성큼 걸었고, 전미윤은 그런 한결의 옆에 나란히 서서 걸었다.

그러면서 한결 옆에서 곁눈질로 째려보는 것을 멈추지 않는다.

'…잘못하면 죽빵 한 대 맞게 생겼는데요?'

-기왕지사 이렇게 된 김에 시원하게 죽빵 한 대 맞아 주고 술 한잔해!

'누가 그래요? 한 대로 끝난다고?'

-아! 그건 또 그러네?!

'그리고 난 맞는 데 취미 없어요.'

-그럼 때리는 데 취미는 있고?

'…진짜 짜증나게 할래요?'

-이야, 이 새끼, 이제 보니까 취향이 존나 독특한 편이었네?! 모쏠인 이유가 있었어!

'아, 거참, 아니라고요!'

§ § §

한결과 전미윤은 입찰보고서를 가지고 담당자 '진태윤' 상무의 앞에 섰다.

먼저 진태윤에게 보고서를 내민 쪽은 전미윤이었다.

전미윤은 한택글로벌의 장점과 최근 동아시아 물류 허브론에 대해 역설하기 시작했다.

"저희 한택글로벌은 동아시아 물류 허브를 구축하기 위해 연간 1조 원 이상의 자금을 투자했으며, 현재는 전 아시아를 아우르는 물류체인을 구성하기 위해 조력자를 찾아

나선 참입니다."

"아시아를 물류기지로 만들어 자동차부품의 보급률을 높이겠다?"

"보급률뿐만 아니라 공급단가까지도 보다 저렴하게 만들어서 귀사가 자동차 생산에 필요한 인프라 구축에 자금을 더 투여할 수 있게끔 해 드리겠습니다."

한결은 인상을 구겼다.

'연간 1조 원이면, 인프라에 뭐 얼마나 투자를 한다는 거지?'

─한택글로벌이 얼마 전에 저가 항공사들 깡그리 긁어모아서 에어 얼라이언스 만든 거 생각나냐? 그게 왜 그랬을 거라고 생각해?

'아! 한국의 입지적 특성상 유럽과 전 아시아의 물량이 집중되어 재정비한 후에 미국으로 들어가기 딱 좋잖아요!'

─그렇지! 바로 그거야!

'게다가 동맹국 특전으로 유럽 국가들은 누리지 못하는 대미 관세혜택도 많이 누릴 수 있죠. 아마도 한택글로벌은 그런 특성을 최대한 살리겠다는 거 아니겠어요?'

─바로 봤네. 내가 알기론 한택그룹의 주가가 얼마 전부터 우상향하고 있는데, 다들 이 바닥에서 죽 쑤고 있는 판국에 우상향이면 대단한 거 아니냐?

'그런 저력을 바탕으로 아시아의 물류 허브 구심점 역할

을 하겠다?'

-결국엔 블루마린도 한택 같은 기업들 때문에 한국에 들어오기 힘든 거야. 아무리 해상물류 단가를 낮춰 봐라. 육상, 항공물류에서 죽 쑤면 답 없지!

'아! 이래서 입찰경쟁에 굳이 직접 다녀오라고 했던 거구나!'

한결은 깨달음을 얻었다.

방 부회장이 어떤 생각을 가지고 있는지 2차원적으로 사고를 넓히기 위한 발판을 얻은 것이었다.

'지금으로선 이런 답이 나올 거예요. 사실상 지금 현재로선 한택글로벌이 IX인터보다 훨씬 더 경쟁력이 있다, 하지만 대현차는 이들을 선택하지 않았다.'

-그러니까 네 말은, 방 부회장이 여기서 판을 한 번 비튼다는 얘기 아니야?

'그렇죠! IX인터와 한택글로벌은 경쟁관계에 있지만, 사실상 동맹관계를 구축하게 될 수도 있다는 거예요.'

-오호! 왜 굳이 일을 그렇게 어렵게 하는 건데?

'한국은행이 눈치를 보고 있는 그놈, 그놈들 때문에 그러는 거겠죠.'

-결국엔 다 짜여진 판을 여러 개로 나눠서 복잡하게 일을 처리하고 있다는 거잖아?

'그렇죠! 그것도 일부러! 아마도 한국은행 말고도 여러

가지 이유가 있겠죠. 지금의 이 빌드업은 그 모든 것을 충족시키지만, 모두가 대놓고 움직일 수는 없는 상황인 거예요!'

−그래서 1차원적인 행동을 해 줄 선수로 너를 기용한 거고? 하지만 저 사람들이 너의 뭘 믿고 방 부회장의 말에 따라 줘?

'프로들의 세계이니 서로 믿을 수 있는 거죠! 내가 선수로 뛸 아이를 고용해서 이리저리 굴릴 것이니 준비해 줘, 하고 움직이면 그것을 읽어 내고 움직여 줄 수 있는 신뢰. 그 흐름에 동참했을 때 더 안정적이고 확실한 수익이 있다면 따르지 않을 이유가 없죠.'

−그치, 장사 하루 이틀 하는 사람들도 아니고?

'네!'

−그래, 너도 이젠 머리가 제법 돌아가구나. 그런 것도 다 알아채고.

이번에는 한결이 브리핑을 할 차례가 되었다.

한결은 기존에 잡아 두었던 부품조달계획에 대해 역설하기 시작했다.

"저희 IX인터는 모회사인 IX홀딩스와 함께 남미, 남아시아에서 기틀을 잡았고, 환율등락에 따라 상당히 민첩하게 움직일 수 있는 라인을 확보했습니다. 또한, 삼선과 아이플의 싸움에서 오히려 물류적 이득을 취하면서 서서히 거점을 추가 확보해 나가고 있는 실정입니다."

"…환율등락?"

"선물환을 통해 여러 차례 리스크를 헷지했고, 결국에는 모두 성공적인 거래를 이뤄 냈습니다."

진태윤은 고개를 갸웃거리며 말했다.

"다 좋은데, 저 선물환이라는 건 뭡니까? 선물환으로 안정적인 조달이 가능해요?"

"선물환에 의지한다는 게 아니라 선물환도 하나의 전략이라는 거죠."

"선물환이? 음! 그건 약간 이해하기 힘든 부분인데?"

아무리 다 짜 놓은 판이라도 깐깐하게 지적할 부분은 지적한다는 것이었다.

한결이 이에 대해서 해명하려는데 저 멀리에서 전미윤이 미소를 짓고 있는 모습이 보인다.

마치 '엿이나 먹어 봐라!' 하는 듯한 얼굴이었다.

-이야! 아주 전의가 활활 불타오르네.

'진짜 언제까지 저럴 생각인 거지?'

-쟤는 너를 경쟁자로 생각하고 있어. 이럴 때 기를 약간 눌러 놓으면 아주 좋은 선수로 쓸 수도 있겠지.

'음…… 그럼 기를 확 죽여 볼까요?'

-어떻게 하려고?

'저번에 말했잖아요. 모든 것을 패턴으로 인식한다고.

환율도 그래요.'

-어?

한결은 스마트폰을 꺼내더니 그것을 진태윤 앞에 내밀었다.

"만약 제가 10분 단위로 환율을 맞추면 선물환도 하나의 전략으로 인정해 주시겠습니까?"

"…뭐요?"

"원달러든 뭐든 일단 지목만 해 주신다면 환율을 맞춰 보겠습니다."

진태윤은 황당하다는 듯이 한결을 쳐다보았고, 전미윤은 그럴 줄 알았다는 듯 회심의 미소를 지었다.

"어… 뭐, 좋아요. 뭐든 일단 해보세요. 들어는 드릴 테니."

"그럼 시작하겠습니다. 원달러 환율을 맞춰 볼까요?"

"그러시든지."

한결은 스마트폰을 그에게 맡긴 뒤, 화이트보드 쪽으로 성큼성큼 다가갔다.

그리곤 몇 개의 점을 찍더니, 그것을 아주 신중하게 선으로 연결하기 시작했다.

"아마도 지금의 고점은 달러당 1,310원 정도 되겠죠. 맞습니까?"

"네, 뭐."

"그리고 지금쯤이면 달러당 1,309원으로 내려갔겠죠. 그렇다면 그래프는 이렇게……."

"………어?"

한결은 머리에서 연산된 결괏값을 계속해서 점을 찍어 나가기 시작했다.

모든 것을 패턴으로 학습해 함수로 만들어 이용할 수 있는 한결에겐 지금과 같은 단기적 환율변동 예측도 가능했다.

"지금은 1,311원, 만약 이런 태세라면 10분 후에는 1원이 내려가겠군요."

"…뭐 하는 겁니까? 달러화 보드를 아예 다 외웠어요?"

"미래의 달러화 보드를 외울 수 있는 사람도 있습니까?"

"음?!"

잠시 후, 환율은 다시 변했다.

정확히 한결이 예측한 대로 1원이 내려갔다.

"엥?!"

"…당신, 이거 조작이죠?"

이제는 한결이 조작을 했다는 의심까지 받는다.

한결은 그에 대한 아주 간단한 답을 주었다.

"달러화를 조작해요? CIA한테 목 따일 소리를 하고 계시네요."

"아!"

"자료와 타이밍, 이 두 가지만 있으면 누구든지 예측이 가능하죠. 안 그렇습니까?"

"그러네요! 박수!"

짝짝짝짝!

떨떠름하지만 전미윤도 인정할 수밖에는 없었다.

한결에게 있어 환율이라는 것은 하나의 전략이라는 것을 말이다.

-…이 새끼 진짜 괴물이네?

'저번부터 나더러 괴물이라면서요. 그래서 그렇게 되고 있나 보죠.'

차상식은 놀라우면서도 신기하고, 동시에 뿌듯하다는 표정이다.

-큭큭, 그래! 맞네, 괴물딱지!

제3장
악어새

프레젠테이션을 마치고 나오는 길.
전미윤이 한결에게 말했다.
"제법이네요?"
"아, 네, 뭐, 그런 셈이죠."
말투가 좀 부드러워졌다. 아까의 적의와는 약간은 다른, 어쩌면 섬세한 심경의 변화가 있는 모양이었다.
전미윤은 한결에게 관심을 보이기 시작했다.
"이따가 뭐 해요?"
"집에 가야죠."
"집에 가기 전에는 뭐 해요?"
"회사로 가야죠."
"사람이 눈치가 없네요. 이따가 같이 밥이나 먹자는 거잖아요."

-오! 플러팅! 존나게 직진하는 스타일인가 보네! 야, 야, 얼른 저기 어때부터 예약해! 얼른!

한결은 차상식의 1차원적인 개그에 넘어가지 않는다.

대신 이성적으로 생각해 보았다.

'저쪽도 이젠 나랑 뭔가 같이 도모해 보려는 생각을 한 것 같죠?'

-자기보다 레벨이 높다고 생각한 거겠지.

'흠! 아니면 이대로 회사에 돌아가면 새 될 거라 생각하고 있는 것인지도 모르고요. 그렇다면 결론은 하나네요. 저쪽은 아직 기밀에 대해 눈치 채지 못하고 있다는 거예요!'

-제2의 정보통이 될 수도 있다, 뭐 그런 거네?

'그렇죠!'

어쩌면 조금은 생산적인 얘기를 할 수 있을지도 모른다는 느낌이 들었다.

한결은 제안을 받아들이기로 했다.

"그럼 그러시죠. 저녁으로는 뭐 드실래요?"

"소주요."

-와, 빠꾸 없네! 야, 이건 기회야! 졸라 대단한 기회라고! 지금이라도 늦지 않았어! 저기 어때부터 예약…….

혼자 잔뜩 흥분한 차상식을 뒤로한 채 한결은 전미윤의 제안을 받고 덧붙였다.

"소주 좋죠. 해산물 좋아하시면 해물찜 어떠세요?"

"그래요, 가요."

근처에 있는 해물찜 전문점으로 들어간 한결은 메뉴판을 내밀었다.

"내가 살게요. 골라 보세요."

"우리 지금 데이트하는 거 아닌데요?"

"입찰에서 이겼으니까 한턱내는 겁니다."

"음, 뭐, 알겠어요."

의외로 수긍이 빠른 타입이었다.

전미윤은 거침없이 메뉴판을 살피고 주문을 했다.

"문어 해물찜에 소주 하나 주세요!"

"네, 갑니다~"

-큭큭! 이건 뭐, 거의 강아지 수준이네. 학습능력이 뛰어나잖아?

먼저 나온 소주 뚜껑을 따서 잔을 채운 한결은 곧바로 본론으로 들어갔다.

"자, 그럼 얘기해 보시죠. 제가 당신 이상형이라서 소주까지 마시는 건 아닐 테고, 무슨 일입니까?"

전미윤은 스마트폰을 불쑥 내밀었다.

"한 번 봐요."

"이게 뭔데요?"

"보면 알아요."

스마트폰을 들여다보자 그 속에는 몇몇 기업의 정보가 들어 있었다.

자세한 차트는 블러처리가 되어 있었지만, 분명한 것은 상호명과 거래방식 등은 명확하게 나와 있었다.

[로웰투자신탁 관련주 분석 자료]

한결은 미간을 와락 일그러뜨렸다.
'…뭐지, 이거?'
-이야, 처음부터 쎄게 나오는데?
전미윤은 놀란 표정을 짓는 한결에게 사정을 설명하기 시작했다.

"아실지 모르겠지만, 검찰조사에서도 나왔던 놈들이죠. 어처구니없게도 수산물 카르텔을 뒤에서 조종하다가 검찰에 덜미가 붙잡혔지만 교묘하게 빠져나왔고요."

"음… 그렇군요."

"아마 이런 생각이 드실 거예요. 이 타이밍에 로웰이라는 이름이 왜 나오느냐고. 이유는 간단해요. 난 대현차의 컨소시엄 해체 건에 로웰이 관련되어 있을 확률이 높다고 보거든요."

순간, 한결은 대현차 컨소시엄 해체에 대한 또 하나의 이유를 유추할 수 있게 되었다.

바로 부실채권으로 인한 구조적 병폐였다.

'로웰투자신탁이 뭘 어떻게 했는지는 몰라도 정보가 여기까지 흘러나온 걸 보면 대현차 부품 컨소시엄이 정말 많이 썩어 있었다는 걸 알 수 있네요. 그쵸?'

-원래 고인 물은 썩기 마련이지. 구조조정이 아닌 파괴라는 초강수를 둔 것도 다 이유가 있었던 거고.

'그렇다면 방 부회장의 행동도 이해가 되고 대현차의 행동도 이해가 가요. 한창 압박을 받고 있는 한국은행을 위해서 우회적으로 자금을 출자시키려 하니 당연히 명분이 필요했겠죠. 한데 마침 컨소시엄은 썩어 있고 IX홀딩스가 예전에 싸 놓은 똥이 있으니 여러모로 일을 진행하기 좋은 타이밍이 만들어졌던 거고요!'

만약 이 너머에 숨겨진 조각 하나만 찾아낸다면, 한결은 또 한 번의 투자기회를 얻을 수 있다.

'...이거, 잘하면 동백숲과의 첫 거래를 아주 화려하게 시작해 볼 수도 있겠는데요?'

-오호, 동백숲! 잊고 있는 줄 알았더니?

'에이! 그런 기회를 발로 차 버릴 이유가 어디 있겠습니까?'

한결은 전미윤의 얘기에 진지하게 귀를 기울였다.

"그래서요?"

"이렇게 하자고요. 어차피 대현차 입찰경쟁에서 이겨도

털어 낼 건 털어 내고 가야 하거든요. 내가 당신한테 정보를 줄 테니까 진딧물은 털어 내고 가시라고요."

"진딧물이라니? 컨소시엄은 분해된 거 아니었나요?"

"그렇긴 하죠. 하지만 다시 재조립을 해야 부품을 조달하죠. 언제 또 ODM 회사를 발굴하겠어요?"

"…재조립 청사진도 있었어요?"

"물론이죠!"

한결은 모르고 있었지만, 이미 재조립까지 얘기가 된 모양이었다.

'…방 부회장은 왜 이 얘기를 내게 안 해 준 걸까요.'

-알아도 모른 채 행동해 주기를 바랐던 것인지도 모르지.

'알아도 모른 채… 라…….'

의도를 알고 움직이는 것과 모르고 움직이는 것에는 큰 차이가 있다.

특히나 그런 '척'을 해야 할 때는 더더욱 그럴 것이다.

갑자기 머리가 복잡해졌다.

"…뭐 아무튼, 그럼 당신은요?"

"대현 GL, 삼선이 동아시아에서의 물류라인을 구성할 때, 블루마린 말고 우리를 이용해 주는 거예요."

"아!"

"어때요? 나쁘지 않은 조건 아니에요? 나도 어차피 빈손으로 돌아갈 수 없으니 곤란하고, 당신도 앞으로 머리 아파질 일 많아지면 힘들 테니, 서로 돕고 살자는 거죠. 로웰투자신탁을 몰아내고 물류라인을 정상화하는 것에 내가 힘을 실어 줄게요."

바로 그때, 한결의 뇌리에 뭔가 번뜩이는 것이 날아와 꽂혔다.

'이거네! 과감하게 행동해, 라는 것, 모르는 척 된장단지에 손을 푹 담그라는 뜻이에요! 그렇게 되면 한택글로벌과 합작을 할 수도 있죠. 괜히 진딧물이 손에 묻을까 봐 전전긍긍하지 않아도 될 것이고!'

-오우야, 이제 좀 감이 오셨어?

'어쩌면 우리가 아는 것보다 원래의 그림은 훨씬 더 큰 것이었는지도 몰라요!'

한결은 전미윤에게 손을 내밀었다.

"합시다, 그거! 로웰인지 나발인지 하는 것들을 컨소시엄에서 털어 내 봅시다!"

"그럼 앞으로 우리는 동맹관계인 거예요. 맞죠?"

"물론이죠!"

악어 한결이 또 한 마리의 악어새를 찾았다.

'…악어새를 가지고 로웰을 먹어 볼까요?'

-먹어야지, 그럼!

HMN을 향해 한 걸음 더 다가갔다.

§ § §

대현자동차와의 계약이 이뤄졌다.

한결은 방 부회장에게 날인을 찍고 공증까지 끝난 계약서를 가져다주었다.

"말씀하신 업무, 마무리했습니다."

"그래? 한번 볼까?"

계약은 완벽했고, 대현자동차와 IX인터의 관계는 예전처럼 회복되어 가는 듯 보였다.

하지만 방 부회장은 여전히 뭔가 마뜩찮은 모양이다.

"흠……."

"뭔가 마음에 안 드는 부분이라도 있으신지요?"

"채권 동향을 파악하라 한 지시사항에 대해선 어떻게 수행하고 있나?"

"그 부분에 대해서는 일전에 전 대표이사를 해치우는 것으로……."

"자네도 알겠지만 IX홀딩스는 IL그룹과도 연관이 되어 있지. 그렇지 않나? 그림을 조금 더 크게 보는 게 어때?"

순간, 한결은 눈을 번쩍 떴다.

대현자동차 건은 단순히 계약 자체를 유지한다거나 사업을 확장하기 위해 운영하는 프로젝트가 아니었던 것이다.

'…대현이랑 IL은 공공의 적을 두고 있어요. 우리는 그

걸 쫓아야 하는 거고요!'

-생각보다 일찍 파악을 했네?

'역시 아저씨는 알고 있었던 거죠?!'

-답은 너도 알고 나도 알아. 다만, 그 답을 어떤 식으로 구하는가에 따라서 형태만 달라질 뿐이지.

'공공의 적… 아니지, 공공의… 위기?!'

-그래! 공공의 위기!

의왕ICD라든지 주가조작 등은 그저 연막에 불과했다. 지금 IL그룹과 대현은 공공의 위기를 눈앞에 두고 있는 것이었다.

'이래서 1차원적으로 생각하고 행동하는 게 필요했던 거예요! 단순히 행동을 간단하게 풀 것이 아니라 근본적으로 생각하라고요!'

-빙고!

'그렇다면 한택글로벌을 선택한 이유에도 뭔가 뜻이 있겠군요! 진딧물을 함께 제거하자던 전미윤의 접근은 어쩌면 대세에 따른 당연한 만남이었을지도 모르고요!'

한결은 다시 한번 깨달았다.

이 모든 상황은 처음부터 끝까지 철저하게 계획되고 연출된 것이었다.

"이제 곧 컨소시엄이 부활할 텐데, 그 회사들을 가지치기해 주고 배후에 숨어 있던 도둑놈들을 때려잡아야 하지 않겠나?"

"…물론이지요!"

"그리고 말이야, 너무 깊게 생각하지는 마. 지금 자네가 생각하는 그것들, 그것들을 직관적으로 따라가라고. 무슨 말인지 알아?"

"알겠습니다!"

흐름을 따라가다 보면 자연스럽게 레벨업이 될 것이다.

한결은 어쩌면 인생에서 가장 중요하고 가치 있는 수업을 받고 있는 것인지도 모른다.

§ § §

대현차와의 계약 직후, 한결은 물류라인을 재조정하기 시작했다.

"한택글로벌의 동아시아 물류거점을 이용하면… 총비용의 19.8%가 감소하는데요?"

"…20%나 감소를 해요?"

한결은 물류전문가들이 만들어서 올린 보고서를 보곤 깜짝 놀랄 수밖에는 없었다.

그동안 서로 점유율 경쟁을 하며 치열하게 싸워 온 한택글로벌이 사실은 IX인터의 구원투수인 셈이었다.

"오히려 블루마린 그룹에서 굴리는 독과점 물류라인보다

는 훨씬 더 유연하고 탄력적인 구조를 가지고 있어서 그런 것으로 파악됩니다."

"음… 그러니까 중간에서 자잘하게 조정을 잘해 줄 수 있다는 거잖아요?"

"적재적소라는 말이 딱 맞는다고 봅니다."

한 발자국 물러나면 역시 보이는 게 많은 법이다.

'결국엔 점유율에 목숨을 걸 이유가 없었던 거네요?'

-이게 바로 연계의 중요성이라는 거지. 매출과 성과에 집착하기보다는 때에 따라서 주변을 잘 이용할 줄 알아야 하는 거야.

'만약 그렇다면 브라질이든 인도든 간에 전 세계 물류거점 전체에 걸친 대타를 구하는 것도 나쁘지는 않겠네요?'

-필요하다면 얼마든지!

'아! 이걸 알려 주려고 방 부회장은 합작이라는 복선을 깔아 놓았던 거네요!'

-어차피 필요한 일이라면 가르침을 주면서 결과도 내는 게 낫지 않겠어?

'…이래서 연륜이라는 게 중요한 거구나!'

그저 흐름을 따라가는 것만으로도 공부가 되고 있었다.

어쩌면 이것이 바로 차상식이 얘기했던 '버스'의 최종형태가 아닌가 싶을 정도였다.

한결은 한택글로벌의 담당자 전미윤에게 전화를 걸었다.

―보고서 봤어요. 시너지 좋던데요?

"한택글로벌 쪽에서는 뭐래요?"

―좋아 죽죠! 당신 덕분에 나도 회사에서 체면치레했어요. 고마워요.

"별말씀을."

―그럼 이제 본격적으로 진딧물 털어 내는 작업부터 좀 해 볼까요?

어쩌면 이번 사건의 본질, 숨겨진 조각 하나를 찾아내는 일이 남았다.

전미윤은 한결을 적극적으로 도와주었다.

―톡으로 자료 하나를 쏴 줄게요.

[첨부파일 : 1개]
[공일수산 인수합병 확인서]

한결의 눈이 휘둥그레졌다.

공일수산은 과거 한결이 족쳐 버렸던 수산물 카르텔 30인 중 하나였던 회사가 아니던가.

'…뭐야, 이게?'

―공일수산은 공중분해된 거 아니었던 건가?

'이쪽에서 공일수산이라는 자료를 내밀었다는 건…….'

―이 또한 방 부회장의 청사진에 들어 있었다는 뜻이지.

'헐!'

방 부회장은 어째서 공일수산을 커리큘럼에 넣은 것일까?

일단 한결은 공일수산을 알면서도 모른 체했다.

"공일수산… 은 뭐 하는 회사인데요?"

-로웰은 단순한 투자회사가 아니에요. 다단계 사기로 투자자들을 모집하고 거액의 현금을 동원해 기업인수에 주가를 체계적으로 조종하는 세력 중 하나죠. 공일수산도 그 작품 중 하나일 뿐이고요.

"…그런데 이걸 누가 인수했다는 건데요?"

-한택글로벌이요. 아시아의 물류집중화 작업 중에 우연히 얻어걸렸달까요?

"아!"

-한데 그 지분을 사들였던 매입처가 IL그룹이었다고 하더라고요. 수산카르텔 사건 당시에 IL그룹 이사진들 중 몇몇이 간접적으로 가담한 것 같다고 했고요.

한결은 이제야 어떻게 된 일인지 알 것 같았다.

'방 부회장의 목적 역시 하나가 아니었네요! 물류사업의 확장, 공공의 적을 해치우려는 목적, 그리고 IL그룹의 숙청!'

-후후, 이 노인네가 진짜 보통이 아니긴 해. 나도 이 정도 커리큘럼을 짜내려면 골머리 좀 아플 것 같은데 말이야!

의도를 깨달았다면 행동은 그리 어렵지 않은 법이다.
"아무튼, 이걸로 뭘 어쩌려고요?"
-부품 컨소시엄 일원 중에 국일철공이라는 회사가 있어요. 공일수산 자료를 보면 국일철공에 공격적인 투자를 진행했었다는 사실이 나오거든요? 내 생각엔 국일철공을 뒤지다 보면 뭔가 재미있는 것이 나오지 않을까 싶은데요?
"거기에서 나온 자료들을 바탕으로 재조립 후보들의 기업쇄신을 도모하고요?"
-바로 그거예요!
한결은 방 부회장이 만든 흐름이 눈에 보이는 듯했다.
"기다려 봐요! 나도 자료 좀 찾아서 올 테니까!"
-자료라니요?
"관련 자료를 얻을 수 있는 방법이 있을 것도 같거든요!"
방 부회장은 한결이 투자귀신이라는 사실까진 모르고 있을 것이다.
만약 투자귀신으로서 얻은 정보까지 활용한다면 한결은 훨씬 더 높은 수준의 깨달음을 얻을지도 모른다.

§ § §

그날 오후.
한결은 인천 항만창고로 향했다.

입구에 도착해 간단히 절차를 밟고 들어가려는데 가드가 스마트키 하나를 건넸다.
"배달."
"배달이라니요."
가드는 고갯짓으로 건물 아래에 있는 주차장을 가리켰다.
'선물이라던 게 차였어?'
-AIB 정도 스케일의 은행이 주는 선물이라니 졸라 기대되지 않냐?!
'뭐, 그냥저냥?'
-아참, 넌 차를 별로 안 좋아하지?
'아저씨도 차 안 좋아한다고 하지 않았어요?'
-싫어해, 내가 운전하는 건.
'…아하, 내가 운전하는 거 아니니까 괜찮다?'
-당연하지, 인마!
'어쩌면 저렇게 얄미울 수가 있을까?!'
한결은 고개를 절레절레 흔들면서 창고로 향했다.
창고 안에는 역시 PP박스 여섯 개가 가지런히 놓여 있었다.
"저게 바로 우리가 근 두 달 동안 작업해서 얻은 결과물이라는 거잖아요?"
-PP박스 여섯 개 분량의 장부면 주식시장도 뒤엎을 수

있을 정도지.

"자, 그럼 어디 뚜껑부터 좀 열어 봅시다!"

한결은 첫 번째 PP박스를 열어 보았다.

[조이핫 자산운용 관리대장]

"이야… 이런 쓰레기들도 회계라는 걸 하긴 했나 보네요?"

−쟤네들도 일단 회사는 굴려야 하지 않겠냐?

합법을 가장한 불법 회사도 이렇게 구색을 맞춘다는 게 참으로 아이러니하지 않나 싶었다.

한결은 차분하게 조이핫의 자산운용 실태를 파악해 나갔다.

"흠… 거의 대부분은 인터넷 방송이나 야동 스트리밍 사이트 같은 곳에서 현금을 창출해 내고 있었네요."

−어떻게 보면 IT회사 맞네. 그치?

"문제는 별 희한한 수법으로 돈을 벌어서 그렇지."

조이핫은 P2P사이트의 지분도 가지고 있었는데, 이곳으로 쏟아져 들어가던 불법 성인물의 양이 한 해에만 무려 1,200억 이상의 매출을 올릴 정도로 효자 노릇을 했었다.

한데 특이한 것은 중간중간에 저축은행의 자금을 끌어왔다는 내용이 있었다.

"저축은행? 여신자금을 조달한 건가?"

-600억, 800억······. 생각보다는 꽤 많은 여신을 끌어왔는데?

"그런데 출자의 용도가 나와 있지 않은데요?"

-적어만 놓고 운용은 비공개였다?

다소 미스터리한 부분이었다.

한결은 이어서 두 번째 장부를 펼쳤다.

[조이핫 지분 보유현황]

"어쭈, 다른 회사 지분까지 가지고 있었어?"

-재미있는 놈들이네! 큭큭, 조사할 맛이 나게 만들어 주니 얼마나 좋냐!

지분 보유현황을 살펴보니 상당히 의외인 것이 많았다.

첫 번째로 의외인 것은 인터넷 언론사의 지분들이었다.

"갓마이 뉴스 그룹이라······. 이런 언론사도 있었나요?"

-요즘 인터넷 신문사들이 다 그렇지, 뭐. 종이신문으로 언론사끼리 박 터지게 싸우던 때랑 같겠냐?

"이런 듣보잡 언론사의 지분을 무려 560억이나 가지고 있었다는 게 놀라울 따름이네요!"

조이핫은 갓마이 뉴스 그룹을 비롯한 40개 남짓한 언론사의 지분을 보유하고 있었던 것으로 보이는데, 지금은 거의 다 폐쇄되고 남은 게 몇 개 안 되는 것으로 나와 있었다.

장부는 조이핫이 보유하고 있던 지분을 마지막으로 어떤 회사에 넘기고 끝이 난 상태였다.

[지분이관 : 아스트럴 인베스트먼트]

"아! 여기 나오네! 아스트럴!"

-얘네가 걔네지? 저번에 우리가 정보를 조회하려고 해도 잘 안 나왔던 그놈들.

"맞네요! 그놈들. 이야, 이젠 뭐 대놓고 자기들끼리 연합도 하고 그러네요?"

-이름부터가 막장 아니냐. 인생을 아주 아스트랄하게 사는 거지.

이들의 행보를 보고 있자면 마치 내일이 없는 사람들처럼 굴기 일쑤였다.

"어쩌면 말이에요. 누군가 돈으로 사람을 사서 일부러 저런 자리에 앉히는 건 아닐까요? 막장인생만 골라서요."

-음! 뭐, 그것도 설득력이 있기는 하네. 예전에 IMF금융위기 지나고 난 직후에 노숙자들 명의를 대량으로 사들여서 차명 통장을 돌렸던 새끼들처럼 말이야?

"아예 인생을 저당 잡아서 자기들 사업에 총알받이로 동원하는 거죠."

한결은 이어서 다른 장부들을 꺼내 놓았다.

[노스웨일 투자정보 자산운용 차트]
[…투자자 명단 매각대금 : 345,000,000원(KR/W)]

"어? 개인정보를 여기서 팔아먹은 거였어?!"
-개인정보만 판 게 아닌데? 나름대로 인력시장도 굴리고 있잖아. BJ부터 시작해서 술집 종업원들도 있고. 이야, 용역깡패들 인력도 제공해 주네!
"이 정도면 암흑가의 알바헤븐인데요? 그나저나 이놈의 개인정보들은 도대체 다 어디서 들어온 거지? 그것도 한두 개가 아닐 텐데?"
-아! 저기 있네! 이놈들 성인오락실 한다고 했었잖아? 그게 해외 불법도박으로 발전했네!
장부에는 인터넷 카지노라는 이름의 사이트에서 명의를 수집해서 팔아먹은 것으로 나타나 있었다.
"불법 사이트에서 돈 벌어 환전하려면 당연히 계좌번호랑 신용정보가 있어야 한다고 생각했을 테니까… 개인정보를 그냥 퍼 줬겠네요!"
-나 참, 이렇게 돈을 쉽게 벌 수 있는 막장 업체들이 있다는 것은 또 처음 알았네.
"악질이네요, 악질!"

파면 팔수록 기가 차는 놈들이 아닐 수 없었다.
한결은 계속해서 장부를 살폈다.
그런데….

[저축은행 여신 : 612억]

"여신?"
-조이핫과 비슷한 규모의 여신을 저축은행에서 끌어 왔군.
"이 새끼들, 또 무슨 공사를 치고 있었던 걸까요?"
아까부터 뭔가 작은 조각 하나가 모자란다는 느낌이 계속해서 들었다.
한결은 곧바로 다음 장부를 꺼내 들었다.

[지분교환 및 매입 장부]

장부의 첫 장에는 이런 이름이 적혀 있었다.
"…로웰투자신탁?!"
-잠깐! 조이핫, 노스웨일이 로웰이랑 공동출자해서 만든 회사가 아스트럴 인베스트먼트인가 본데!
"아니, 그럼 아스트럴인가 하는 놈들은 대체 뭐 하는 새끼들인데요?"

-그야 모르지.

결국 한결은 다시 장부를 읽어 내려갔다.

여기서도 중요한 한 가지가 빠져 있었다.

"지분을 교환하고 매입하고… 다 좋은데, 이 돈이 다 어디서 난 걸까요?"

-그러게 말이야. 재무자료를 아무리 뒤져 봐도 돈이 어디서 왔는지 알 도리가 없잖아?

"위장사업으로 자금을 회전시키는 것도 한계가 있을 텐데……."

지금의 정보로는 뭔가를 알아내는 데 한계가 있었다.

한결은 생각을 정리한 뒤, 전미윤을 만나 보기로 했다.

"전미윤 씨에게 뭔가 의외의 정보가 있을 것 같다는 생각이 드네요. 국일철공 노래를 불러 댔으니 뭔가 있긴 하겠죠."

-뭐 그건 그렇고, 선물로 받은 차는 좀 어떠려나?

"궁금해요?"

-타 보자! 졸라 궁금하네!

§ § §

서류를 갈무리한 뒤, 주차장으로 내려온 한결은 차량의 열림 버튼을 눌러 보았다.

삐빅!

반응을 보인 차량은 검보라색 차체에 날렵한 바디가 인상적인 스포츠카였다.

-V-F5 레볼루션 로드스터!

'그게 뭔데요?'

-30억짜리 하이퍼카잖냐!

'…세상에! 무슨 차가 30억이나 해요?'

-그러니까 하이퍼카지! 이야, 역시! AIB는 선물 스케일부터 다르구만!

'아니, 그나저나 차 싫어한다고 하지 않았어요?'

-운전하는 건 싫어한다니까? 차 자체는 좋지!

'뭐 이렇게 이중적인 귀신 양반이 다 있을꼬?'

-아무튼 간에 한번 달려 보자!

한결은 차에 올랐다.

"…좁네요."

-스포츠카가 원래 다 그렇지, 뭐!

"그나저나 시동버튼은 어디에 있는 거지?"

-저기 있네! 왼쪽에!

디자인부터가 한국 차와는 달랐고, 좁은 공간에 이것저것 버튼이 너무 많아서 정신이 혼미할 정도였다.

띠링!

부아아아앙!

엔진에서 굉음이 울려 퍼졌다.

"…와! 방음이 진짜 1도 안 되네?!"

-스포츠카가 다 그렇지, 뭐!

"아놔, 이런 걸 30억이나 주고 탄다니?!"

방음이 워낙 안 되어 있어서 시동을 켠 것만으로도 옆 사람과 대화를 한다는 것 자체가 거의 불가능할 정도였다.

한결은 선물로 받은 차를 타고 도로로 나왔다.

부앙, 부아아앙!

-살살 밟아! 이거, 최고시속이 500km가 넘는 차거든!

"…아놔, 이게 도대체 뭐야?"

-그래도 감성은 죽이지 않냐?!

"그나저나 아저씨는 이 차에 대해서 잘 아시는 것 같네요?"

-당연하지! 내가 투자해서 만든 차인데.

"엥?"

-내 꿈이 말이다. 한때는 르망24와 f1의 구단주가 되는 거였다는 거 아니냐!

"아하! 그래서 아예 스포츠카를 만드는 기술자에게 투자를 한 거군요!"

-그런 셈이지!

"나 참, 차는 싫어한다는 양반이…….

-운전이 싫은 거라니까? 그래도 레이싱은 좋아했어. 카

레이서 자격도 있었고.

한결은 도대체 무슨 소리를 하는 것인지 이해를 할 수 없었다.

"운전은 싫은데 레이싱은 좋다고요? 그게 도대체 무슨 소리예요?"

-일반도로에서는 프로의 실력을 가진 사람들이 없잖아. 그러니까 뻑하면 사고가 난다고. 그런 스트레스를 받는 건 딱 질색이거든! 그런데 레이싱은 다르지. 다들 프로에다 사고가 날 일은 아예 만들지도 않아. 왜? 그게 프로니까!

"아! 도로 위의 무법자들을 믿지 못하는 스트레스 때문이다?"

-뭐, 엇비슷해.

"허이구! 그런 이유인 줄은 몰랐네요!"

-아무튼 간에 면허는 있지?

"지난번에 택배기사였다고 말했잖아요? 대형면허까지 있습니다만?"

-오!

"그럼 뭐, 한번 달려 볼까요?"

차를 가지고 고속도로로 진입한 한결은 한적한 도로를 내달리기 시작했다.

부아아아아앙!

시원하게 뚫려 있는 고속도로를 질주하는데 온몸에서 진

동이 느껴져 마치 마사지를 받는 착각마저 들었다.

-끼야하아아아! 죽인다!

"와, 씨! 진짜 죽이네?!"

-거봐, 죽이지?!

"휴우! 그만! 그래도 한국 일반도로에서 이렇게 달리는 건 아니죠. 나중에 서킷이나 돌아보자고요."

-쩝, 아쉽네! 뭐, 그래도 간지용으로도 죽이지 않겠냐?

"간지고 간지럼이고 간에 오래는 못 타겠어요. 허리가 두 동강이 날 것 같네요! 어구구구!"

-큭큭! 원래 그런 감성으로 타는 거야, 인마!

"그나저나 이 차는 누구 명의로 보냈으려나?"

-그래도 차량등록증은 넣어서 보내지 않았을까?

"아하!"

한결은 차를 잠시 휴게소에 세운 뒤, 차량의 안을 둘러보았다.

이 좁은 공간에 수납공간이 있나 싶을 정도였다.

"…어디에 넣어 놨으려나?"

-차량 내에는 의자 아래에 작은 공간이 있긴 한데, 거기에 다 들어갈지 모르겠네?

차상식의 말대로 운전석 아래에 손을 넣어 보니 성인 손바닥 세 개만 한 공간이 마련되어 있었다.

"빙고!"

놀랍게도 그 공간 안에 딱 맞는 하드케이스가 보였다.
한결은 하드케이스를 열어 보았다.

[자동차등록증]
[증여 : AS컴퍼니]

"오호, 회사 명의로?"
-센스가 있네.
"음? 밑에 뭔가 서류가 더 있는 것 같은데요?"
차량등록증 말고도 뭔가 서류가 더 있다는 것을 알 수 있었다.
한결은 차량등록증을 치워 보았다.

[AIB 시크릿 뱅크 계좌내역]
[예금주 : AS컴퍼니]

"시크릿 뱅크?"
-큭큭! 진짜 별걸 다 챙겨 주네! 시크릿 뱅크가 뭐냐면, AIB에서 운영하는 비밀보장 특별계좌거든. 자산규모 1조 원 이하에게는 발급이 안 되는 특징이 있지.
"엥?! 그런 걸 나한테 준다고요? 이렇게 덥석?"
-그만큼 너를 신뢰하고 있다는 뜻이겠지. 기대하고 있다

는 반증이기도 하고.

"와……."

-아무튼, 선물 하나는 기가 막히게 받았네! 그치?

"그나저나 이 차는 이제 어디에 가져다 놓냐? 눈에 너무 띄지 않아요?"

-집에다 가져다 놔. 차량등록은 두 대까지 가능하고 세대별로 주차장도 따로 만들어 놨어.

"오호!"

한결은 차를 몰아 여의도로 향했다.

제4장
세탁기

한결은 꼭두새벽에 집을 나섰다.

워낙 머리가 복잡한 일이 많은지라 새벽 정취를 맛보며 머리를 식히려는 요량이었다.

"한강 변에 집이 있으니 확실히 좋긴 하네요. 그래서 땅값이 비싼 건가?"

-사실은 그래서 비싼 건 아니야.

"그럼요?"

-내가 말했지? 여의도에 돌고 있는 돈은 얼마가 되었건 네가 상상한 것 이상일 것이라고. 땅값도 마찬가지야. 부자들이 꼬불쳐 둔 것이 많으니 땅값도 비싼 거지.

'…헐, 그런 거였어요?'

-이 좁은 팔도강산에 돈 꼬불칠 데가 뭐 얼마나 많겠냐?

그러니 너 나 할 것 없이 금싸라기땅에 알박기하는 거야. 차명으로 꼬불치고 재단으로 꼬불치고. 그런데도 땅값이 안 올라? 그건 말도 안 되는 소리지.

'부자들의 세계는… 뭐랄까, 좀 더럽네요.'

-지저분하지. 고인 물들밖엔 없으니까. 썩는 게 어쩌면 당연해.

머리를 식히려 일찍 나왔건만, 오히려 더 복잡해지기만 했다.

결국 생각을 바꿔 회사로 출근했다.

§ § §

출근하자 복잡한 머리를 더욱 복잡하게 만들 보고서들이 연이어 올라왔다.

"부장님! 결재서류 심사 부탁드립니다!"

"아, 잠깐만요!"

"부장님, 재무관리실 호출이요!"

"부장님……."

출근도장을 찍자마자 여기저기서 사람들이 달려온다.

이제는 '부장님'이라는 소리만 들어도 노이로제가 걸릴 것 같다.

'…부장으로 살아가는 것도 쉽지 않네요.'

―이 세상에 공짜가 어디 있냐? 정보관리비용이라고 생각해라~

다행이랄까. 인내심을 가지고 차근차근 일을 처리해 나가자 쌓여 있던 업무들이 하나씩 해결되었다.

한결은 오전 마지막 업무로 대현차 컨소시엄 조정안을 조율했다.

해체된 컨소시엄을 재조립하면서 물류 최적화와 원가절감 방향을 조율하는 중인데, 애로사항이 꽤 많았다.

가장 큰 문제는 단연 원가절감이라는 것이 관련 부서들의 보고였다.

"코스트가 지나치게 높아 운영이 어려울 것 같다는 얘기가 있습니다."

"생산단계에서의 원가절감은 어려울까요?"

"중국 쪽에서 워낙 희토류 수출에 대한 관세를 남발하다 보니 그게 쉽지가 않다는 것 같습니다."

보고를 올리는 이명선의 표정도 상당히 복잡해 보인다.

미중 무역갈등과 탈중국 현상이 계속됨에 따라 중국은 내수시장 확립을 위해 해외에서 들어오는 차량들의 관세를 거침없이 높여 가고 있었다. 또한, 차량을 생산하는 데 필요한 원자재 역시 관세장벽을 쌓고 있는 실정이었다.

한결은 잠시 생각에 잠겼다.

"이제 중국, 러시아에서는 희토류 금속을 가져오는 게

사실상 불가능하다는 거잖아요?"

"네, 아무래도……."

기존 라인에서 문제가 꼬여 버렸다면 다른 곳에서 답을 찾는 수밖에 없다.

"부장님, 어차피 아프리카와의 교역방침을 바꾸는 김에 상부에 투자를 요청하는 건 어떨까요?"

"으음…… 아프리카에 투자라…………."

희토류 생산의 가장 큰 문제점은 환경오염과 채산성이었다. 아프리카처럼 인건비가 낮고 환경오염 이슈가 적은 경우에는 충분히 채산성이 있다.

다만, 아프리카에 투자하기 힘든 이유가 있었다.

바로 불확실성이었다.

"아프리카에 투자한다는 건 쉽지 않죠. 아시겠지만, 정치적으로도 그렇고 아직 불안한 감이 많잖아요?"

"그렇기는 한데……."

한결은 지금까지 차상식에게 배운 투자방식을 바탕으로 최적의 루트를 찾아내기 시작했다.

가장 먼저 미국을 중심으로 잡았다.

"자, 한번 봅시다. 미국이라는 국가는 현재 우리와는 경쟁관계이기도 하지만, 세계 최대시장이기도 합니다. 그와 동시에 모든 산업의 중심축이죠. 우리가 집중해야 할 것은 바로 미국의 산업기조입니다."

"현재로선 미국이 호황이긴 합니다만, 그쪽에서 뭐 나올 것이 있기는 할까요?"

한결은 고개를 가로저었다.

"있어요. 몰리브덴!"

"……아! 몰리브덴!"

자동차를 생산하는 데 있어서 아직 가장 많이 사용되는 희토류를 꼽으라면 당연히 몰리브덴을 생각하기 마련이다.

"스테인리스강이나 크롬강에 들어가는 합금재료이기도 하지만 자동차 윤활유라든지 오일류에도 들어가죠. 사용처는 많으나 생산 국가는 많지 않습니다. 그 극소수의 셀러 중에서 가장 큰 영향력을 발휘하던 곳이 중국이죠."

"…원래는 미국이 최대생산국이었고요?"

"그렇죠! 바로 그겁니다! 게다가 남미의 페루, 칠레에서 엄청난 양의 몰리브덴이 생산되고 있죠. 중국이 문을 걸어 잠근 이상 차선책을 찾아봐야죠."

한결은 그동안 차곡차곡 해외의 투자 정보를 쌓아 왔다.

이제 그 정보가 포텐을 터뜨리는 시기가 온 것이다.

'철 지난 정보 하나가 수백억의 가치를 지니고 있다!'

-큭큭! 제법이야, 꼬맹이~

차상식의 가르침만 잊지 않는다면 시장에서 실패할 일은 거의 없다.

"지금부터 해외에서 몰리브덴을 비롯한 희토류 광물 확

보하고, 부품생산을 브라질에서 하는 것을 목표로 계획을 잡아 보죠."

"하지만 그렇게 하자면 생산공장의 확보가 필수적입니다만. 현지의 공장들을 좀 알아볼까요?"

한결은 고개를 가로저었다.

"어차피 부품 컨소시엄이 다시 조직된다고 하니 거기에 맞춰 시행하면 됩니다."

"알겠습니다. 그럼 내일 뵙겠습니다."

"이 과장은 퇴근 안 해요?"

이명선 과장은 한결의 등을 떠밀었다.

"저는 오늘 야근이 있어서요. 내일 뵙겠습니다."

"아!"

"가세요!"

부장의 야근을 말리는 과장의 손길에 의해 한결은 강제 퇴근을 당했다.

"잠깐! 가기 전에 부품 컨소시엄 회사들 정보만 좀 가지고 갈게요!"

"네, 딱 거기까지만이요!"

-열녀네, 열녀~

한결은 대현차를 통해 해체된 부품 컨소시엄 회사들에 대한 정보를 챙겨서 회사를 나왔다.

물론 그 안에는 당연히 국일철공의 정보도 있었다.

§ § §

한결은 퇴근 후, 침대에 누워 국일철공의 자료들을 천천히 살펴보았다.

국일철공은 대현차에게서 ODM을 받아 최상의 부품과 모듈을 만들어 납품하던 회사로 상당한 기술력을 보유했다.

"흠… 경쟁력 좋고, 딱히 뭐 특별한 건 없어 보이는데요?"

-최근까지 약간의 자금경색이 있어 보이긴 했지만, 그것도 최근에 서서히 회복되고 있다고 나와 있네.

"설마하니 이런 국일철공에 작전세력이 달라붙고 있다는 걸까요?"

-원래 작전주는 애매한 회사에 붙기 마련이라니까.

"아! 맞네. 그건 그러네요!"

지금까지 작전을 당한 선례를 보면 평범하기 그지없는 회사들이 대부분이었다.

이제 이 자료를 바탕으로 어떻게 진딧물을 제거하자는 것인지 알아볼 차례이다.

한결은 전미윤에게 전화를 걸었다.

"국일철공 자료, 받아 냈습니다."

-진짜요?! 지금 어디예요?

"퇴근하고 집에 왔습니다."

-그래요? 그럼 내가 그리로 갈게요!

전미윤은 잔뜩 흥분한 목소리였다.

하지만 한결은 늦은 저녁에 여자를 오라 가라 하는 남자는 아니었다.

"아니요, 아무리 그래도 밤길은 좀 위험하니까요. 내가 갈게요. 어디로 가면 되나요?"

-아, 그런가? 그럼 주소 찍어 드릴게요. 오세요.

§ § §

딩동!

전미윤이 알려 준 주소로 찾아가 초인종을 눌렀다.

"나가요!"

복도식 아파트의 현관문이 열리자 문고리를 잡은 전미윤이 보인다.

전미윤은 편안한 복장에 화장기 없는 얼굴로 한결을 맞이했다.

"들어오세요."

"네, 그럼."

-크흐! 허구한 날 양기 가득한 수컷 냄새만 맡다가 아리따운 여성의 집에 초대를 받으니 좀 살 것 같다 야!

화사한 파스텔 톤의 벽지에 아기자기한 소품들이 곳곳에 보였다.

역시 삭막한 한결의 집과는 뭔가 느낌이 많이 달랐다.

전미윤은 얼음통과 위스키를 준비해 놓고 한결을 기다리고 있었다.

"한잔하면서 하실래요?"

"좋죠."

-빌드업 좋고~

아까부터 옆에서 헛소리를 늘어놓는 차상식을 뒤로한 채, 한결은 식탁 앞에 앉았다.

한 덩치 하는 한결이 식탁에 앉자 무슨 초등학생 자리에 대학생이 앉은 느낌이었다.

"정말 크긴 크시네요."

"아하하……."

-진짜 큰 건 따로 있는데~ 크크크!

차상식 때문에 괜히 분위기가 이상해질 것 같아서 한결은 그녀에게 국일철공의 정보가 들어 있는 서류뭉치부터 건네주었다.

"그럼 한번 살펴볼까요?"

"후우! 부디 좋은 결과가 있어야 할 텐데!"

두 사람은 함께 국일철공의 재무자료를 살피기 시작했다.

전체적으로 크게 모난 구석이 없어서 특이점을 찾기가 쉽지 않아 보인다.

"일단… 여기 오기 전에도 한번 쭉 훑어봤었는데 특이사항이 있다고 생각되진 않더라고요."

"이상하네. 정황상 국일철공은 분명 특정 세력에게 조금씩 뜯어 먹히고 있었거든요."

"조금씩 뜯어 먹힌다?"

재무자료에는 매출부문에서 두 갈래로 나뉘어 있었는데, 한쪽은 회사 개별매출이었고 다른 한쪽은 컨소시엄 전체에 대한 매출이었다.

전미윤은 고개를 갸웃거렸다.

"참 이상하네요. 컨소시엄 간의 내부거래에서도 이렇다 할 특이사항이 없는데, 왜 코스트는 점점 상승했던 것일까요?"

"…코스트?"

내부거래라는 말에 한결은 뭔가 찌릿한 느낌을 받았다.

그리곤 이내 엄청난 속도로 머리가 회전하기 시작했다.

"아?!"

"왜 그러세요?"

"아까 그랬죠? 조금씩 뜯어 먹혔다고."

"네, 그랬었죠."

"맞아요, 그거예요!"

한결은 마치 뭔가에 홀린 듯, 회사로 전화를 걸었다.

-네, 부장님.

"이 과장! 야근 중에 미안해요."

-아니요, 괜찮습니다.

"컨소시엄 관련 물류대장에서 국일철공 매출자료 좀 찾을 수 있을까요?"

-국일철공이요? 잠시만요············.

갑작스러운 전화였지만 이명선 과장은 한결의 지시에 따라 매출자료를 찾아냈다.

-대현 쪽에서 물류조정으로 인한 자료를 넘겨줄 때 같이 넘어왔네요.

"지금 좀 톡으로 보내 줄래요?"

이명선 과장은 곧장 한결의 스마트폰으로 매출자료를 넘겨주었다.

한결은 매출자료를 눈으로 훑기 시작했다.

그리고 위화감의 정체를 짚어 냈다.

"이거네!"

-네? 뭐가요?

"어째 컨소시엄 원가 비중이 지나치게 높다 했더니, 국일철공에서 위장거래를 하고 있었네요!"

-아!

"국일철공은 자사의 매출이 아니라 컨소시엄 전체 매출

장부를 일부 조작해서 10억, 20억씩 야금야금 빼돌리고 있었던 겁니다! 이러니 코스트가 높을 수밖에요!"

-그럼 당장 국일철공을 컨소시엄에서 제외시킬까요?

한결은 분기에 가득 찬 이명선 과장을 진정시켰다.

"아니요, 당장은 참으세요. 우선 컨소시엄 매출 가지고 뒷돈 챙기던 새끼들을 깡그리 감옥에 처넣은 뒤에 결정해도 늦지 않아요."

-알겠습니다. 그럼 일단 관련 정보만 취합해 놓겠습니다.

통화가 끝나자 숨죽이고 있던 전미윤이 감탄사를 토해 냈다.

"굿! 그럼 이제 진딧물을 천천히 털어 낼 일만 남은 거네요. 그렇죠?"

"그것도 그건데, 국일철공과 엮어서 뒤를 털어 낼 것도 있어요."

"뒤를 털다니요?"

"IL그룹 이사진들을 하나하나 털어 버릴 겁니다."

"어? 이건 분명 대현차의 컨소시엄인데요?"

"그렇긴 하죠, 겉으로는."

전미윤은 한결이 대체 무슨 소리를 하나 싶다가 돌연 무릎을 쳤다.

"아! 맞네, 겉으로는 대현차의 컨소시엄이죠. 하지만 그

안에는 복잡한 이해관계가 얽혀 있잖아요?"

얼추 정답에 비슷하게 근접했다.

"IL그룹, IX홀딩스, IX인터. 결국엔 한 식구인데 컨소시엄의 관계자가 아니라고 할 수 없죠!"

한결은 그제야 방 부회장이 왜 대현차 컨소시엄 청소에 뛰어든 것인지 알 것 같았다.

컨소시엄 자체가 모두의 세탁기. 그러니까 비리의 온상이었던 것이다.

-이제 사냥의 시간인 것인가? 야야, 얼른 팝콘 좀 튀겨와라!

이제 곧 시작될 사냥 퍼레이드에 차상식은 흥분을 감추지 못했다.

'자, 그럼 본격적으로 밑밥부터 좀 깔아 봅시다!'

§ § §

금요일 저녁.

한결은 IL그룹에서 주최하는 부장급 인사들의 와인파티에 초대받았다.

일전에 방 부회장이 언급했던 부장급 인사들과의 친분도모의 일환이었다.

마침 살생부(殺生簿) 작성을 위한 정보가 필요하던 한결은 즉시 구색을 갖춰 파티장으로 향했다.

"너어는! 이 누나를 모시러 오려거든 차라도 한 대 빌리든가!"

"내가 미쳤지. 어휴!"

"택시가 뭐니, 택시가!"

-크하하하하하하! 구색을 갖춘다는 게 양 대가리라니. 전략 참 고상하다, 야!

와인파티는 부부동반, 커플모임이기 때문에 미혼은 어디서 썸녀라도 데려오라는 것이 지침이었다.

한결의 목적은 IL그룹 이사회의 동향을 파악하고 그 자산 방향에 대해 알아보는 것이었기에 가장 가까운 금융전문가를 섭외했다.

"그래도 뭐! 커플모임에 이 누나를 데리고 가는 걸 보면 기특하기도 하고!"

"기특하다니?"

"있어, 그런 게! 얘, 그리고 그렇게 꼬치꼬치 캐물으면 피곤해서 여자들이 싫어해!"

"괜찮아, 넌 시스터니까."

"…됐어. 나 갈래!"

"아, 또 왜?!"

"시스터는 성당에 가서 찾으라니까?!"

-카카카카카! 너희들은 만나면 심심하지는 않아서 좋겠

다! 그치?!

한결은 정보 몇 줄 찾으려다가 원형탈모가 생기는 건 아닌가 싶었다.

"…착하지, 유진아! 안 그래도 늦었으니까 가던 길 가자. 알겠지?"

"예쁘다는 말은 왜 빼니?!"

"예쁘고 착한 유진아! 가던 길 가자. 알겠지?"

"오호호! 진즉 그럴 것이지!"

-크하하하하! 시트콤 찍는 것도 아니고 말이야. 너 사실 양 대가리 마음에 드는 거지? 그치?!

양쪽에서 헛소리를 해대는 통에 한결은 머리가 깨질 것 같았다.

약간의 소란을 이겨 내고 간신히 모임에 도착했다.

[IL컨벤션센터]

"엄멈머! IL그룹 간판 봐! 너어는 본사 영전을 할 생각이었으면 이 누나한테 먼저 연락했어야지! 그럼 아주 팍팍 밀어줬을 텐데!"

"밀어줘? 뭘?"

"원래 승진을 위해서는 실적이 필요하고, 실적을 올리기 위해서는 정보가 필수잖니! 오호호! 나도 이참에 이사 사모님 소리도 좀 들어 보고, 얼마나 좋아?"

"…뭐래는 거야? 아무튼, IL그룹 관련해서 정보가 있는 모양이지?"

"으음… 글쎄! 브라더한테 알려 줄 정보는 아니라서 말이야!"

여자만 아니었으면 뒤통수라도 한 대 갈겨 줬을 텐데, 하는 생각이 스쳤지만 애써 꾹꾹 눌렀다.

이윽고 두 사람은 IL그룹 주최 행사장으로 들어갔다.

행사장 안으로 들어가 보니 저 멀리에 공 상무가 보인다.

"어이, 신 부장! 이쪽!"

"예, 상무님!"

행사는 처음이기에 한결은 공 상무의 안내를 받기로 한 것이다.

양유진은 공 상무에게 공손하게 인사를 했다.

"안녕하세요? 양유진이라고 합니다."

"아이고, 어디서 이런 미인을 모셔 왔어? 미녀와 야수가 따로 없는데?"

"어머~ 별말씀을요. 상무님 위명은 익히 들었는데, 실제로 뵈니 능력만큼이나 외관도 멋지시네요."

"사근사근하고 싹싹하니 아주 일등 신붓감이구만!"

"저희 한결 씨가 실례가 많아요. 아무쪼록 앞으로도 잘 부탁드립니다."

이렇게나 겉과 속이 다르다니!

한결은 양유진의 처세술에 그저 감탄할 뿐이었다.

공 상무는 본격적으로 한결을 데리고 다니면서 부장들에게 인사를 시켜 주기 시작했다.

"이봐, 강 부장!"

"상무님 오셨습니까!"

"인사해, 이쪽은 IX홀딩스 신한결 부장."

"아! 말씀 많이 들었습니다. IL캐피털의 강지윤 부장이라고 합니다."

한결은 강지윤 부장과 악수를 나눈 뒤, 명함을 주고받았다.

[IL캐피털 자산운용 제1부장 강지윤]

"강 부장도 아직 마흔 안 되었지?"

"올해가 딱 아홉수입니다."

"능력 좋아! 그치?"

"아닙니다! IL그룹 최연소 부장인 신한결 부장만 하겠습니까? 업적만 놓고 봐도 거의 전설급이던데요."

한결은 잘 모르고 있었지만, 그에 관한 소문은 이미 그룹 전체에 자자했다.

그런 한결이 강지윤 부장과 얘기를 나누는 그림이 포착

되자 사방에서 계열사 부장들이 몰려들기 시작했다.

"아! 저 사람이 신한결 부장?"

"반갑습니다! IL전자 김희윤 부장입니다!"

"IL건설 최동희라고 합니다!"

"…IL화학 육길호입니다!"

여기저기서 명함이 쇄도하기 시작했다.

-스타네, 스타!

'아니, 도대체 내 이름은 다들 어떻게 알았대요?'

-원래 인마, 이런 소문은 빠르게 퍼지는 법이야.

한결이 명함을 갈무리하고 있는데 부장들의 수다가 쏟아지기 시작했다.

"IX홀딩스를 업계 6위로 올려놓으셨다던데, 대단하십니다!"

"혼자 매출 1조를 찍었다고도 하던데?!"

"아니, 매출 3조 원을 혼자 하드캐리했다고 하던데요?"

"이번에 대현차 계약까지 합치면 5조 원도 넘죠! 안 그래요?"

"이야!"

본인이 얘기를 하기도 전에 여기저기서 소문에 살을 마구 붙여서 호도하기 시작한다.

한결은 이런 분위기에 도저히 적응을 할 수가 없었다.

'그냥 자기들끼리 사람 하나를 영업의 신으로 만들어 버

리네요?'
 -아주 틀린 얘기는 아니잖아?
 '아! 뭐, 그렇기는 한데…….'
 -그 얘기에 살이 붙고, 붙은 살이 부풀다 보면 이렇게 되는 거야.
 '이건 그냥 뻥튀기 스타잖아요?'
 -뻥튀기? 에이, 아니지! 사실에 근거한 약간의 떡밥! 기업의 스타는 바로 이렇게 탄생하는 거야.
 '헐…….'
 한결이 치켜세우는 말들에 정신을 못 차리고 있는데 저 멀리에서 양유진의 웃음소리가 들려왔다.
 그녀는 부장 와이프들에게 둘러싸여 스포트라이트를 받고 있었다.
 "어머! 대진은행? 그것도 여신관리 담당이라니! 부장님만큼이나 사모님도 능력이 좋으시네요!"
 "오호호! 사모님이라니요! 아직 그럴 단계는 아니에요. 그냥 뭐, 서로 윈윈하는 관계?"
 "어머나, 멋져라! 그나저나 신 부장님이 그렇게 잘나가는데, 무슨 내조비법이라도 있어요?"
 "비법은요! 그냥 뭐, 은근한 지원사격 정도?"
 "부럽다~ 커리어우먼이 사모님이라 신 부장님은 좋겠네!"

"오호호호호!"

천하의 관종 양유진은 아주 물 만난 물고기였다.

차상식은 그녀의 행동을 아주 흡족하게 지켜보고 있었다.

-저거 봐라, 저거! 내조는 저렇게 하는 거야! 남편 체면을 막 살려서 스포트라이트를 받게 해 주잖냐!

'저렇게 하면 뭐 좋은 거 있어요?'

차상식은 씨익 미소를 지었다.

-좋은 거? 아, 당연히 있지!

'그게 뭔데요?'

-내일 아침이면 알게 될 거다.

'……?'

그렇게 북적거리던 밤이 깊어져 갔다.

§ § §

그날 새벽.

양유진은 와인에 잔뜩 취해서 한결의 등에 업혀 있었다.

"우히히히! 한 잔 더!"

"응급실에 실려 가고 싶어? 너, 집 어디야?"

"너어어는! 이 누나네 집도 몰라?!"

"…그걸 내가 어떻게 아는데."

"히히, 그럼 나도 몰라!"

"와, 나… 진상이네, 정말!"

-크크크! 보통은 이러다가 결혼하는 거야. 정신 차려 보면 한 집에서 지지고 볶고 있는 거지!

한결은 이를 악물고 필사적으로 정신줄을 붙잡았다.

'양 대가리랑 한 시간도 같이 있기 힘든데, 결혼? 아예 죽으라고 하세요!'

-뭐, 처음엔 다 그래!

'싫다니까요!'

-크크크!

한결은 양유진을 채근하기 시작했다.

"…집 어디야. 얼른 얘기 안 하면 버리고 간다?"

"뭐어어?! 신한결, 이 쓰레기야! 아무리 그래도 이렇게 예쁜 날 두고 가시려나~ 으히히히!"

"감당 안 되네, 정말."

강남 한복판에 버리고 싶은 걸 꾹꾹 눌러 참으며 대로변으로 향했다.

양유진이 술주정을 했다.

"너어… 오늘 내가 모임에서 뭘 들었는 줄 알아?"

"뭘 들었는데?"

"이히히, 비밀~"

"…진짜 내려놓는다?"

"신한결 쓰레기!"

"그러니까 말해 봐. 뭔데?"

"…더워! 아이스크림 사죠! 유진이 아이스크림 사죠!"

가뜩이나 힘들어 죽겠는데 진상까지 부리니 주먹에 힘이 불끈 들어간다.

한결은 고개를 가로저었다.

"아니야, 그냥 버리는 게 빠르겠어."

"킥이라니까? 킥! 내가 들은 건 킥이라고!"

한결은 술주정을 다 들어 주다간 미칠 것 같아서 일단 근처 편의점에 양유진을 내려놓고 아이스크림을 사다 주었다.

"…먹어. 별거 아니기만 해 봐, 아주!"

"별거 있어! 뭐냐고? 비밀~ 이히히!"

"후유……."

슬슬 인내심에 한계를 느끼려던 찰나.

그녀는 돌연 진지한 얼굴이 되었다.

"너어, 그 얘기 들었어? 이사 사모님들만 가입한다는 펀드!"

"…그런 펀드가 있어?"

"노후자금 굴려 주는 펀드라는데, 수익이 글쎄 12%나 된대!"

순간, 한결은 고개를 갸웃했다.

"어떤 펀드가 수익률이 12%나 하는데?"
"컨소시엄!"
"…컨소시엄? 대현차 말이야?"
"빙고! 모 펀드가 LBO를 한대! 대현차 컨소시엄에 뿌리 박고 문어발식으로 사업을 단행한다나 봐! 저번엔 강판… 뭐라고 했는데. 아무튼, 강판성형 뭐시기에 투자했다가 대박 맞았다고 했어!"

한결은 무릎을 탁 쳤다.

'웨스트 센트럴 인베스트먼트의 자금줄이 여기 있었네요!'

-로웰이 대현차에 빨대를 꼽았으니 컨소시엄이 아주 개판이 될 수밖에는 없지. 이야, 양 대가리가 그래도 한 건 해냈네?

이렇게 큼지막한 정보를 얻게 되니 술에 취해 비틀거리는 양유진에게 뭐라도 하나 해 주고 싶은 마음이 든다.

"시스터, 뭐 갖고 싶은 거 없어? 내가 고급정보 건졌으니 뭐 하나 해 줄게."
"엄멈머~ 쓰레기 신한결이 어쩐 일이람!"
"…됐어, 취소."
"이히히! 갖고 싶은 거? 너어……."
"나? 나 뭐?"
"…이런 똥멍청이."

그녀는 여전히 알 수 없는 말만 늘어놓았다.
물론 한결 본인에 한해서이지만 말이다.
-에라이, 때려쳐!
'뭘 때려쳐요?'
-천하의 모쓸 자식 같으니라고! 때려쳐!!

§ § §

다음 날 아침.
징, 징, 징, 징….
어디선가 거듭되는 진동음이 들려왔다.
"…뭐야? 어디서 공사라도 하나?"
-완전방음 아파트라는 소리 못 들었어?
"맞네!"
-폰이잖아, 인마!
"아?!"
한결은 쉴 새 없이 울려 대는 스마트폰 액정을 바라보았다.
한결은 고개를 갸웃했다.

[새로운 메시지 : 511건]
[새로운 이메일 : 45건]

"…무슨 아침부터 이렇게 메시지를 날려 대는 거지? 신종 보이스피싱인가!"

―어제 만난 놈들, 그리고 그놈들 지인들! 줄을 타고 계속 접근해 오는 거겠지.

"어제 말한 게 바로 이거였어요?"

―내가 계속 얘기하잖냐. 성공하려면 나에게 필요한 사람이 누구인지, 그 사람이 뭘 원하는지 알아야 한다고.

"네, 그랬죠."

―생각해 봐. 보통의 사람들은 내게 필요한 사람이 뭘 원하는지 알고 있어도 그걸 척척 구해다 주지 못해. 하지만 관심은 끌고 싶지. 왜? 나도 저 사람처럼 졸라 잘나가고 싶거든!

"그래서 이것저것 제안들을 하고 정보를 쏟아 내는 거고요?"

―그래, 인마!

한결은 그제야 방 부회장의 의도를 알 것도 같았다.

"이것도 부회장이 깔아 놓은 복선이었겠죠?"

―아마도?

"와… 진짜 대단하네!"

이제 한결은 방 부회장이 깔아 놓은 판에 올라가서 칼춤이나 추면 되는 것이다.

아마 그 칼춤이 끝났을 때, 비로소 진정한 유명인사가 되어 있을 것이었다.
 "그럼 뭐, 그 펀드라는 것부터 좀 털어 볼까요? 과연 뭐가 나올지!"

컨소시엄에 엮인 펀드의 정체를 밝히는 것은 그리 어렵지 않았다.

　대현차 부품 컨소시엄의 정보를 잔뜩 가지고 있던 IX홀딩스에는 그 해답이 전부 들어 있었던 것이다.

　이명선은 한결의 지시를 받아 해당 자료들을 취합했다.

　"파악된 바로는 대현차 부품 컨소시엄과 연관된 펀드가 두 개 있었던 것으로 보입니다."

　"음!"

　컨소시엄이라는 단체를 바탕으로 펀드라는 상품을 개발하자면 우선 파생상품을 설계할 수 있는 자격을 가진 사람과 펀드를 운영할 회사가 있어야 했을 것이다.

　첫 번째 회사는 바로 대현그룹의 자회사인 대현캐피털이

었다.

"대현캐피털에서 출자된 자금이 펀드를 구성하고 컨소시엄의 평균 수익률에 따라 투자자들에게 투자금을 지급하는 구조로 '대현 컨소시엄 펀드'라는 것이 공개된 적이 있다고 합니다."

"이 펀드는 지금 어떻게 운영되고 있죠?"

"공모펀드로 시작해서 지금은 대현캐피털에서 미래자산 전략펀드라는 이름으로 탈바꿈하여 운영 중에 있습니다. 관련 자료를 드릴까요?"

"한번 봅시다."

한결은 이명선에게서 미래자산 전략펀드의 재무구조 및 투자분석에 대한 자료를 건네받았다.

펀드는 대현그룹의 주력 회사들이 수월한 경영권 방어를 할 수 있도록 설계되어 있었다.

"대현그룹에서 지분 51%를 가지고 있고 나머지는 민간에서 약 6조 원 규모로 출자가 되어 있네요?"

"현재 대현캐피털에서 운영하는 펀드 중에서 가장 안정적이고 수익률도 좋은 것으로 압니다."

"연평균 6%의 수익률이면 꽤나 안정적이긴 하네요."

대현그룹의 지급보증까지 걸려 있으면서도 은행권 이자보다 높은 수익이 쭉 이어진다는 것은 확실히 매력적인 포인트이긴 했다.

"그래서 이게 지금 인기라는 거고… 두 번째는 뭐죠?"

"한때 하이클래스 펀드라고 불리던 '스카이 펀드'라는 것이 있었습니다."

"있었다? 과거형이네요?"

"의왕 ICD 사건 즈음에 해산한 것으로 보입니다."

"펀드의 모회사는요?"

"로웰투자신탁으로 나옵니다."

한결은 회심의 미소를 지었다.

'이거네!'

-양 대가리가 진짜 제대로 건수를 올리긴 했나 보네. 그치?

'어… 뭐, 나중에 가방이나 하나 선물로 주죠.'

-이야, 이 짠돌이 보소! 이걸로 먹을 돈이 얼마인데?

'에이, 짠돌이라뇨! 근검절약(勤儉節約)!'

이제부터는 스카이 펀드의 흔적만 찾으면 되는 것이다.

한결은 머릿속 한구석에 잠들어 있던 '조이핫'의 장부들을 상기해 냈다.

그리곤 그것을 메모지에 쭉 적어 내려갔다.

슥슥슥!

그야말로 기계처럼 숫자를 적고 있는 한결을 보며 이명선은 고개를 갸웃거렸다.

"부장님?"

"이런 내용이 담긴 자료를 찾아야 합니다."
"…이게 뭔데요? ……조이핫?"
"정확하지는 않은데, 이 회사와 관련이 있어요. 한번 읽어 보면 답이 나올 겁니다!"
"이 회사는 저번에 검찰조사를 받지 않았어요?"
"네, 그랬었죠. 제가 잘 아는 지인에게서 받은 자료입니다."
"그나저나 이걸 다 외우셨다는……?"
"아무튼 간에 이걸 한번 조회해 볼까요?"
"네!"

워낙 기행을 많이 하는 사람이라서 이명선은 한결이 뭘 하든 간에 그러려니 하는 모습이었다.

이명선은 IX홀딩스의 통합 데이터베이스에 접속해 한결이 적어 준 자료의 일부분을 찾아내기 시작했다.

통합검색에서 하나씩 검색어를 넣으며 데이터베이스를 뒤지던 그때였다.

[결과 : 1건]

"찾았습니다!"

정말로 있었다. 한결은 데이터베이스에서 자료를 다운로드 받아서 살피기 시작했다.

조이핫의 장부에서 발췌한 것은 상호출자 내역이었다.

서로 자본을 교환했으나 다른 회사들과는 다른 유일한 옥에 티처럼 존재하는 짧은 내용이었다.

이것은 결정적인 단서다.

"스카이 펀드에 대한 컨소시엄의 재무자료 요청이 왔을 때 남은 기록이네요. 스카이 펀드가 조이핫에게 LBO 자금을 지원해 주었고, 그에 대한 보상으로 투자금 16%를 얹어서 돌려받았다고 나옵니다."

[LBO 지원금 : 총출자 비중 40%]
[금액 : 400억 원]
[출자근거 : 저축은행 LBO 기관대출(벤처캐피털-LP) 부족분]

'저축은행?!'

-찾았다! 이야, 이 새끼들! 저축은행에서 벤처캐피털을 땡겨서 기업사냥을 하고 다녔던 거네!

투자금 반환내역을 보면 바이아웃, 즉 기업을 합병해서 이윤을 남긴 뒤에 되팔았다고 나왔다.

심지어 출자기업보다 덩치가 큰 기업도 자빠뜨렸다는 근거가 있었다.

"아! 역합병!"

"네?"

"과거 90년대의 중국계 미국 회사들처럼요!"

과거 중국의 페이퍼컴퍼니들은 주가조작으로 기업의 자산을 불린 뒤, 정크본드를 발행해 미국의 우량기업을 먹어치웠다. 그리고 중국 국적의 이름을 지우고 대형기업들을 역합병해서 완벽하게 신분세탁에 성공했었다.

이것이 바로 90년대에 성행했던 페이퍼컴퍼니의 기업사냥, 즉 역합병 전략이었다.

이 경우, 고금리 여신만 빼면 상황이 거의 비슷했다.

-이 새끼들, 제법 클래식한데?

'그나저나 이제는 저런 식의 역합병은 불법 아닌가요?'

-금감원에서 당연히 철퇴를 가하겠지만, 그것도 걸렸을 때의 일이지. 이 세상 모든 불법은 안 걸리면 장땡이거든!

'구뤠요?'

한결의 두뇌가 반짝, 하고 회전하기 시작한다.

§ § §

금감원 금융투자검사국장 조성만은 금융투자 부원장보 김태일의 지시로 이차전지 관련 작전주 세력을 일망타진했다. 자잘한 리딩방 사기꾼들까지 엮은 대대적인 토벌이었다.

그런 조성만에게 뜻밖의 제보가 날아들었다.

"주가조작 바이아웃?"

"지난번 의왕ICD 사건 당시, 투자귀신 쪽에서 조이핫이라는 회사를 먹었다고 합니다. 그런데 그 회사를 파 보니 이상한 점이 한두 가지가 아니라는 겁니다."

김태일은 미간을 미묘하게 일그러뜨렸다.

이번에는 투자귀신 쪽에서 조이핫의 내부고발 안건이라는 제보를 보내온 것이었다.

"일단 관련 자료 나에게 넘겨. 아예 중앙지검이랑 다이렉트로 작업할 테니까."

"예, 알겠습니다."

USB에 자료를 담은 김태일은 당장 심규섭을 찾아갔다.

심규섭은 안성중공업에서 제출한 자료를 바탕으로 찾아낸 이스트아시아 센트럴 인베스트먼트의 족적을 따라 수사를 벌이는 중이었다.

중앙지검 근처 포장마차에서 만난 두 사람은 소주잔을 맞댔다.

"수사의 진척은 좀 어때?"

"뭐, 그럭저럭?"

심규섭은 상당히 복잡한 심경에 사로잡혀 있었다.

평생 잊을 수 없는 은인에 대한 기억이 떠올랐기 때문이었다.

"…내가 말이야, 아버지가 돌아가시고 폐병 때문에 나날이 쇠약해져 간 어머니를 모시고 살았던 때가 열두 살이었어. 그때부터 안 해 본 일이 없었어. 넝마주이부터 시작해서 똥지게꾼에 신문배달까지, 별의별 일을 다 했었다고. 그런 내게 한 줄기 빛이 내려왔었지."

"그 젊은 투자자 형님 말이야?"

"그래, 이 세상 사람들이 다 손가락질하며 욕하는 HMN 차상식 회장, 그 형님이셨어!"

심규섭은 술만 마시면 입버릇처럼 차상식에 대한 얘기를 한다.

"월세에 어머니 병원비에, 중고등학교 학비, 대학교 학자금까지 지원해 주셨었지. 아마 그분이 아니었다면 나는 절대로 이 자리에 있지 못했을 거야."

"심란하겠군……. 그런 의인이 억울하게 누명을 쓴 것으로도 모자라 생전에 사용했던 주식시장 닉네임까지 도용을 당했으니 말이야."

"…처음엔 눈이 뒤집히는 것 같더군. 하지만 다시 한번 생각해 보니 이상한 점이 한두 개가 아니었어. CIA도 못 뚫는다는 엄청나게 견고한 데이터베이스 방어망을 갖춘 커뮤니티의 정보가 유출되었을 리도 없고, 무엇보다도 도용을 당했다면 형수님께서 절대 가만히 있지 않았을 거란 말이지."

"아! 그러네! 차상식의 처가가 해외에서 유명한 자산가

가문이라고 했나?"

"엄청난 세력이지! 그런 가문의 딸이 과연 죽은 전남편 행세를 하는 놈을 가만히 내버려둘 리가 없잖아?"

"음!"

"그래서 생각해 봤지. 혹시 형님에게 후계자가 있었던 것은 아니었을까?"

"차상식 회장에게? 에이, 말도 안 되지!"

"말이 왜 안 돼? 생전에 투자를 배우고 싶다고 따라다니던 청년을 거두고 투자기법을 2년 동안 수학하게 해 줬던 적도 있었는데."

"그런 일이 있었어?"

"그래! 비록 형님은 제자라는 소리를 한 번도 하신 적은 없지만, 제자 포지션의 청년이 존재하긴 했었거든."

"오호?"

"그런데 그 청년은 미국에 있는 걸로 아는데……. 흠……."

"말년에 혹시 진짜 괜찮은 청년을 만난 건 아닐까?"

순간, 심규섭은 호기심이 동했다.

"한 번쯤은 확인해 보고 싶은데?"

"지금 뭘 어쩌려고?"

"…아니, 지금 당장은 아니야. 천천히, 최대한 조심스럽게 알아보고 싶어."

김태일은 그런 친구의 마음을 이해할 수는 없지만, 그저 따라 주기로 했다.

"뭐, 자네가 원한다면야. 뭐든 해봐."

"아무튼, 이번 사건도 뭔가 형님과 관련이 있을 거야. 그러니 자네가 특별히 신경 좀 써 줘."

"알겠어. 내가 잘 모니터링 하고 있을게."

과연 심규섭은 꿈에도 그리던 형님의 흔적이라도 찾을 수 있을지, 묘한 두근거림을 느꼈다.

§ § §

IL그룹의 이사회가 열리는 날.

한결은 아침부터 방영호의 부름을 받았다.

집무실에 앉아 창밖을 바라보는 방영호의 뒤로 한결이 꾸벅 고개를 숙였다.

"부르셨습니까!"

"왔나?"

천천히 뒤로 돌아 한결을 바라본 방영호가 환하게 웃었다.

"금감원이 대현차 부품 컨소시엄 관련 펀드를 일제 수사하며 나섰다고 들었네만. 자네 작품인가?"

"흐름에 따라 자연스럽게 그리된 것이지요."

"내부고발자라는 타이틀을 전혀 두려워하지 않는군."
"모두 부회장님의 가르침 덕분 아니겠습니까?"
방영호는 한결의 앞에 서류봉투를 내려놓았다.
"받게."
"이게 뭡니까?"
"금일봉일세."
금일봉을 서류로 주는 사람도 있던가?
한결은 고개를 갸웃거리며 서류봉투를 열어 보았다.

[주식양도증서 : 대현자동차]
[현재 평가총액 : 600,000,000원]

"……6억?!"
"아직은 대현차 관련 프로젝트를 완수했다고 하기엔 무리가 있을 거야. 왜냐? 오늘 IL그룹의 이사진 몇몇을 쳐낼 거거든. 만약 그렇게 된다면 놈들은 반드시 반격을 해올 거야. 아마도 그 반격지점은 대현차 부품 컨소시엄과 삼선-GL동맹이 되겠지."
금일봉으로 6억을 주는 엄청난 스케일에 한결은 입이 쩍 벌어질 수밖에 없었다.
하지만 이 금일봉은 한결에게 닥칠 또 다른 시련을 예고하는 것이었다.

"놈들이라면 IL그룹의 이사진들을 말씀하시는 겁니까? 아니면 지금까지 부회장님께서 보여 주셨던 여러 군상들의 사기꾼들을 말씀하시는 겁니까?"

"그들 모두가 되겠지."

"으음……."

IL그룹의 이사진들은 로웰과 같은 사기꾼들에게 의지해서 대현차 부품 컨소시엄과 같은 IX홀딩스의 사업을 좀먹고 있었다.

한마디로 그들 또한 로웰을 바탕으로 일정의 세력을 유지하고 있던 것이었다.

"아마 당혹스러운 순간도 많았겠지. 하지만 한 가지만 확실히 알고 있으면 돼. 그들이 얼마나 잘났든 간에 자넨 그들보다 한 수 앞서는 카드를 손에 쥐고 있다는 것을 말이야."

한결이 조금은 얼떨떨한 표정이 되어 있을 때였다.

따르르릉!

방영호의 집무용 전화가 울렸다.

"받아 보시게."

"네!"

한결은 방영호를 대신해서 전화를 받았다.

"IX홀딩스 부회장 집무실입니다!"

-아, 신 부장? 나야, 공 상무!

"네, 상무님. 부회장님께 무슨 일이라고 전해 드릴까요?"

-태선그룹 쪽에서 자네 작품에 똥칠을 하고 있더군.

"……예?!"

-부회장님께는 내가 직접 보고를 드릴 테니 자네는 얼른 투자관리부로 내려가서 실무부터 파악해!

"알겠습니다!"

눈이 휘둥그레진 한결을 향해 방영호가 히죽 웃으며 고갯짓을 했다.

'젠장, 벌써 시작된 건가?'

-오호! 이것 참 스펙타클한 한 판이 되겠군그래! 으흐흐흐!

한결은 그 길로 방영호의 집무실을 나와 투자관리실로 향했다.

§ § §

IL그룹의 부패한 이사진들이 회사를 이탈하기도 전에 로웰의 세력들은 한결의 작품인 한택-IX 동맹체부터 건드리기 시작했다.

종합상사 업계 3위 태선인터가 돌연 공격을 가하기 시작한 것이었다.

"……얼마요?"

"4%입니다."

동아시아 부문 물류비용을 4% 이상 절하시켜서 삼선-GL동맹과 접선한 뒤, 한택글로벌을 쳐내겠다는 것이 태선인터의 계획이었다.

"여기서 4%나 낮추면 남는 게 거의 없을 텐데?"

"출혈을 감수하고 사업부터 따내겠다는 것 같습니다."

"…이런 무식한 놈들을 봤나?"

컨소시엄 재조립 과정에서 대현자동차는 조금 더 효율적인 공급라인을 확보하기 위해 안간힘을 쓰고 있었다. 그것은 IX홀딩스 역시 마찬가지였고, 지금은 삼선-GL동맹을 아우르는 범아시아적인 물류규합만이 유일한 돌파구였다.

한데 IL그룹에서 소박을 맞은 이사들이 미친 듯이 날뛰며 그 동맹을 느슨하게 만들려는 것이었다.

"이대로라면 대현과의 관계도 요원해집니다. 한택글로벌은 IX인터와 손발을 맞추면서 시너지 최적화 과정을 밟아놨는데, 삼선-GL동맹 쪽에서 아시아 물류 사업자를 갈아치우면 대현이 굳이 우리 IX홀딩스를 선택할 이유가 없어진다는 거죠."

"…하긴 사냥이 끝난 마당에 굳이 끝까지 우리의 손을 잡을 필요는 없겠죠."

계약서에 도장을 찍었다고 해서 IX홀딩스의 동맹인 한택글로벌까지 품을 이유는 없는 것이고, 한택글로벌이 없으면 물류동맹에 금이 가 IX홀딩스까지 매력이 없어질 것이다.

한결은 어떻게 해서든 한택과 IX 양쪽 모두의 마진을 낮출 방법을 찾아내야만 한다.

"저 사람들보다 마진율이 높아야 한다는 건데."

"흐음……."

물류비용을 절감하는 데에는 한계가 있다. 유가, 선박 지수 등 회사로선 어쩔 수 없는 고정비용이라는 것이 있기 때문이다.

"우리의 마진율은 지금 얼마나 되죠?"

"3% 정도입니다."

IX-한택동맹은 대현자동차와의 계약을 성사시키기 위해 마진율을 극한으로 끌어내렸기 때문에 더 이상의 가격인하는 위험한 일이다.

한결은 마진율의 절충이 불가능하다는 것을 인정할 수밖에는 없었다.

'아놔… 이 새끼들이 아픈 부분을 찌르네?'

-언제나 한결같이 안정적일 것이란 생각을 버려. 원래 이 바닥이 아주 치열하거든!

'불여우 같은 놈들! 아무튼 간에 상황이 이렇게 되어 버렸으니 파훼법을 찾아내는 것이 최우선 과제겠네요. 그나

저나 이 새끼들은 도대체 어떻게 태선인터를 끌어들인 것일까요?'

―태선의 이사진들 중에도 한패가 있다는 뜻 아니겠냐?

'아!'

적은 생각보다 발이 넓었다.

한결은 이제 정신을 바짝 차리지 않으면 안 된다는 것을 깨달았다.

"어차피 이번 분기까지는 한택이 동아시아 독점 공급입니다. 그때까지 방법을 찾아보면 되는 거라는 소리죠. 몰리브덴 문제는 어떻게 되었습니까?"

"일단 칠레 쪽에서 물건을 싸게 구매할 수 있을 것 같습니다만, 미국으로 건너갈 때가 문제가 된다고 하네요."

"몰리브덴 합금에 대한 관세장벽을 쌓았군요!"

"네, 맞습니다."

"미국과의 가격 차이는요?"

"3~4% 정도입니다."

한결은 생각에 잠겼다.

지금까지 확보한 정보와 데이터를 기반으로 조합하고 조율하며 최적의 루트를 찾아보았다.

"…현재 미국 내 몰리브덴 수요에 대한 자료를 좀 볼 수 있어요?"

"당장 다운로드하겠습니다."

상무부 홈페이지에만 들어가도 몰리브덴 수요에 대해 알아보는 것은 그리 어렵지 않았다.

[작년도 4/4분기 몰리브덴 수요 : 5.99%▼]

'수요가 감소했네! 그래, 이러니 관세장벽을 쌓지!'
-미국의 경제는 살아나고 있지만, 아시아는 여전히 침체기인 데다 유럽은 경제위기를 논하는 시점이지, 선진국은 다 죽어가고 있고.
'그럼 당연히 미국 내에 몰리브덴 재고가 켜켜이 쌓여가고 있겠네요?'
-아시아는 이제 막 호황 조짐이 보이고 있는데?
'흠!'
뭔가 퍼즐이 하나 빠진 느낌이 든다.
'피스를 찾아야 해요!'
한결은 재빨리 HBSC에 전화를 걸었다.

§ § §

점심시간이 이제 막 지난 시각이었다.
한결은 김유철에게 전화를 걸어 사정을 설명했다.
그러자 김유철은 정말 별것 아니라는 듯이 한결에게 정

보를 제공해 주었다.

―아마 미국에선 별로 건질 게 없을걸?

"어째서?"

―채권의 목표가 몰리브덴이라면, 아마도 미수금 문제도 쌓여 있을 텐데 말이지. 미국은 이미 아시아로 물건 보내고 손 털었을 거거든. 수입관세는 높아도 수출관세는 낮잖아.

"자국의 허들은 높여 놓고 타국의 허들은 낮췄다는 건가?"

―내가 알기론 미국 내에서도 추가생산에 대한 수요예측을 작년 대비 8% 이상 낮춰 잡고 있어. 그만큼 자동차 수요가 줄어들 것이라고 보고 있다는 거지.

"아시아는 지금 호황인데?"

―아직 호황은 아니지 않나? 수요가 늘어나고 있기는 해도 말이야.

"호황은 아니다… 호황은 아직… 아니다? 호황이 예견되어 있다?"

―호황이 예견되어 있다? 아, 그러네! 차라리 그게 설득력이 있겠네!

흐릿하던 무언가가 조립되어 가기 시작했다.

아직 피스가 완전하진 않지만, 그것이 가리키는 바는 명확했다.

몰리브덴 가격은 오를 것이다.

―그런데 대장, 몰리브덴은 갑자기 왜?
"투자하려고."
―그럼 나도…….
"잘못하면 한강 간다. 확실해지면 연락할 테니까 자중하고 있어."
―헤헤, 알겠어!
한결은 전화를 끊곤 곧장 부서로 복귀하기 위해 걸음을 옮겼다.
차상식은 그런 그의 행동에 슬그머니 질문을 던졌다.
―뭔가 삘이 딱 꽂혔나 보지?
'통신, 첨단이요.'
―오호?
'5G 장비 전용부품 박막에도 몰리브덴이 들어가고 반도체, 디스플레이 부품에도 몰리브덴이 들어가잖아요.'
―음!
'그래도 아직 몰리브덴이 오른다는 것 말고는 확실한 게 없죠.'
―미국의 의도를 모르니까?
'맞아요!'
아무리 생각해 봐도 몰리브덴 수요는 폭발 직전이었다.
문제는 미국의 진짜 의도가 무엇이냐는 것이었다.
'일단 몰리브덴 수요는 터집니다. 그렇기 때문에 눈치

빠른 사람들은 벌써 몰리브덴을 시장에서 긁어내기 위해 안간힘을 쓰고 있겠죠. 하지만 판이 돌아가는 것을 보면 미국이 마치 몰리브덴을 사지 말라고 경고하는 것처럼 느껴진단 말이죠?'

─그럼 넌 지금 도박에 모든 것을 걸고 있다는 거네?

'도박은 아니에요. 몰리브덴 가격은 반드시 올라요. 다만, 퍼즐조각 하나가 빠져 있을 뿐인데…….'

나무가 아닌 숲을 보면 답이 나오기 마련이다.

한결은 아직 미국의 의도가 뭔지 몰라도, 일단 몰리브덴 가격이 오를 것임을 확신했다.

─동물적인 감각…….

'네?'

─아니야, 아무것도.

상황이 파악되었으니 생각을 실행에 옮기는 일만 남았다.

투자관리부에 도착한 한결은 즉시 팀장들을 소집했다.

"자, 지금부터 우리의 부품수급 플랜의 중심지역을 남미로 고정합니다!"

"남미요?"

"아시아에서 기본부품 만들고 남미에서 합금부품 만들어서 미국으로 수출해 완성하는 플랜입니다."

"그건 기존의 플랜과 별반 다를 게 없지 않습니까?"

"있어요, 몰리브덴."

"몰리브덴이요?"

"우리는 몰리브덴을 최대한 싸게 매입해서 부품에 사용할 수 있도록 라인을 잡을 겁니다."

"음…… 일단 그렇게 되면 부품단가는 내려갈 겁니다만, 굳이 해외진출까지 할 정도로 몰리브덴이 비싸지는 않은데요?"

"네, 그렇겠죠, 지금까지는!"

부서의 팀장들마저도 한결의 결정에 의문을 품는 사람들이 많았다.

하지만 한결의 본능이 이것이 기회라고 말해 주고 있었다.

"그렇게 알고 대처하세요."

"네!"

이제부터는 눈치와 정보력의 싸움이다.

그러자면 일단 태선그룹에서는 이에 대해 어떻게 알고 있는지가 중요했다.

"태선인터내셔널에서 제시한 프로젝트의 기획안을 구할 수 있을까요?"

"공 상무님께서 그쪽으로는 발이 넓으신 걸로 압니다!"

"그래요? 오케이! 그럼 다들 각자 위치에서 예정된 프로젝트를 수행하고 있으세요. 저는 상무님을 좀 뵙고 올 테니까!"

§ § §

공 상무는 한결의 부탁을 받아 태선인터내셔널에서 제시한 기획안을 확보해 냈다.

"자, 받게."

"잠시 읽어 봐도 되겠습니까?"

고개를 끄덕이는 공 상무, 한결은 그 자리에서 기획안을 정독하기 시작했다.

태선인터는 생산에 집중해서 부품단가를 낮추는 IX인터의 전략과는 다르게 물류 합리화 과정에서 마진을 극단적으로 내리는 선택을 했다.

이런 선택은 자칫 원자재 가격이 올라가면 타격을 크게 받을 수도 있는 구조였다.

'몰리브덴이 오른다는 생각을 아예 안 하는 것 같은데요?'

-음.

'아니지? 알면서도 크게 신경을 안 쓰는 것인지도 모르죠!'

-뭔가 삘이 팍 왔나 보지?

'이 새끼들, 알고 있었던 거예요. 미국이 왜 몰리브덴 가격을 통제하고 있는지!'

한결은 모르고, 저들은 안다.

하지만 한 가지 확실한 것은 가격이 상승하지 않고는 도저히 못 견딜 시황이라는 점이었다.

한결은 자신의 확신에 모든 것을 걸었다.

"추가출자 승인해 주실 수 있겠습니까?"

"…추가출자?"

"3개월 후에 몰리브덴 가격은 상승합니다. 지금부터는 우리가 남미, 남아시아에 집중하고 한택글로벌은 아시아에 집중하면서 생산과 공급, 모두를 잡는 겁니다! 그렇게 되면 최대 10%의 비용절감을 이뤄 낼 수 있을 겁니다."

"그러니까… 부품생산과 공급망 구축에 추가출자를 해서 승부를 보자?"

"그렇습니다!"

"그러는 동안 저들이 가만히 있겠어? 목숨 걸고 덤비는 건 저놈들도 마찬가지인데."

"그러니 연막을 쳐야죠!"

"…연막?"

"놈들이 우리 회사의 물류동맹을 흔들었던 것처럼 우리도 저놈들 계약처를 마구 공격해서 흔드는 겁니다.

"그럼 우리가 배고픈 것처럼 보일 텐데?"

"그걸 이용하는 겁니다. 우리는 지금 투자할 돈이 없다! 우리도 너희들처럼 출혈경쟁 준비하고 있다, 그런 모습을 보여 주는 겁니다."

최고의 방어는 공격이다. 만약 상대방이 내 집을 건드린다면, 상대방의 집에 불을 질러 버려야 한다.

그것이 바로 한결이 구사할 전략의 핵심이었다.

공 상무는 당황하면서도 아주 흥미롭다는 듯이 한결을 바라보았다.

"우리가 태선을 건드리는 데엔 그만한 명분이 있어야 할 거야."

"밥그릇이 명분 아닙니까? 원래 남의 밥그릇 건드리면 얻어맞을 각오를 하는 것이 업계의 인지상정이지 않습니까."

"…깡다구 좋은데?"

"만약 운이 좋아서 우리가 저놈들 거래처라도 몇 개 먹게 된다면, 이윤은 더욱 극대화될 겁니다!"

공 상무는 황당하다는 듯이 한결을 쳐다보다가 이내 피식 웃었다.

"내가 만든 작품, 조져도 내가 조지겠다, 이건가?"

"네!"

"뭐, 그래! 어차피 대현차 계약 건도 자네가 따냈으니 알아서 잘해 봐. 대신 꼬라져도 난 책임 못 져."

"제대로 밀어만 주신다면 절대 실망시키지 않겠습니다!"

한결은 공 상무에게서 정보와 든든한 지원까지 받아 냈다.

이제는 전장으로 나갈 차례이다.
'완타치 한 번 제대로 쪼개 줘야지!'
―이야, 간만에 정면승부 구경하는 건가?!
한결은 결코 지지 않을 자신이 있었다.
그의 동물적인 감각이 자신감에 힘을 실어 주고 있는 것이었다.
'그럼 이제부터 출혈경쟁 떡밥부터 좀 풀어 보자고요!'

바이럴을 풀자마자 시장은 곧바로 반응했다.

[IX홀딩스 주가하락, 출혈경쟁의 여파로 개미들 속속히 떠나…]

[위기의 IX홀딩스, 이대로 태선인터의 밥이 되는가…]

'역시 발 없는 말이 천 리를 가기는 하네요.'

-이래서 바이럴 전략이 무섭다는 거야. 지금이야 우리가 의도한 대로 바이럴을 풀어서 주가를 컨트롤하지만, 만약 쥐뿔도 없는 상황에서 억울하게 악성 바이럴까지 처먹어 봐. 기냥 허파 뒤집어지는겨!

'그나저나 한택글로벌은 왜 아무런 움직임이 없지?'

-왜? 배신이라도 때렸을까 봐 걱정 돼? 네가 판은 다 깔아 놨는데, 정작 자기들 구해 준다고 희생하는 IX홀딩스를 버릴 수도 있는 거잖냐.

'음...... 뭐, 그럼 어쩔 수 없는 거죠. 나중에 더 크게 뒤통수 맞느니 주가하락 1~2%로 퉁치면 오히려 싸게 먹히는 거 아닌가요?'

-뭐, 그건 그렇지!

이제 슬슬 시간이 정오를 향해 가고 있다.

이명선 과장이 한결에게 식사를 제안했다.

"부장님, 식사하셔야죠?"

"저는 대충 햄버거로……."

"가시죠. 일도 많으신데 인스턴트 같은 걸로 때우면 안 좋아요."

"아……."

"초밥집 예약해 놨어요. 얼른 나오세요."

-크흐! 역시 남편 챙기는 건 와이프밖에 없어!

실제로 회사에서는 이명선 과장을 두고 '신 부장 오피스 와이프'라고 부르곤 한다.

바보온달을 여기까지 끌고 온 현모양처라느니, 투자관리부 안방마님이라느니 하는 소문이 돌 정도였다.

'내가 인복이 있긴 있네요.'

-저런 여자를 딱 안방에 들어앉혀야 한다니까?! 앞으로

평생 돌쇠마냥 살아도 성공한 인생으로 이끌어 줄 아내가 있으면 억울하지는 않을 거 아니냐!

'아이, 진짜! 아저씨들은 왜 틈만 나면 남녀를 못 엮어서 안달일까? 중년 종특이에요?'

-인마, 그렇게 살다가 총각귀신 될까 봐 그런다니까?

'아이고, 됐네요! 총각귀신 안 될 테니까 걱정 마셔!'

-참고로 너 인마, 여자 안 만난 지 1년도 넘었다~

'때 되면 다 만납니다! 걱정 마시라니까!'

이명선을 따라서 회사 밖으로 나온 한결은 역삼동 시가지에 있는 초밥집으로 들어갔다.

이곳은 조용한 분위기에서 주인장이 만들어 준 점심특선을 먹을 수 있는 작은 식당이었다.

"주문한 걸로 주세요."

"네, 잠시만 기다려 주십시오."

이미 메뉴까지 정해 둔 모양이었다.

그녀는 음식이 만들어지는 동안, 한결에게 뭔가 할 얘기가 있는 모양이다.

"요즘 좀 복잡하시죠?"

"뭐… 안 그렇다면 거짓말이겠죠? 하하."

"그래서 말인데, 부장님께 조금이나마 위안이 될 만한 걸 좀 가져와 봤습니다."

이명선은 한결 앞에 한 권의 보고서를 내려놓았다.

[…인니, 보크사이트 광산 폐쇄 잠정 결정…]

"…보크사이트? 이건 알루미늄 원료잖아요."

"맞아요. 알루미나가 50% 이상 함유된 광물이죠. 인도네시아는 얼마 전, 구리정광도 수출을 제한하기 시작했다는군요."

"알루미늄과 구리의 수출을 제한한다? 설마 인도네시아 쪽에서 이미 자동차 업계의 흐름에 대해 어느 정도 눈치를 챈 건가요?"

"아무래도 그렇겠죠. 이건 보크사이트 5대 수출국인 인도네시아이기에 가능한 조치가 아닐까요?"

"아니, 그나저나 이런 정보는 어디서 나신 겁니까?"

"저희 형부가 인도네시아에서 무역업을 하시거든요. 자카르타에서 방금 보내온 팩스입니다."

"아!"

―이야, 역시 귀인은 귀인이네! 크흐, 인마! 지금이라도 살림을 차리라니까?!

아직 결정되었다는 것은 아니었다. 잠정적인 결정, 그러니까 이미 정부에서는 결단을 내렸고 시행을 준비하는 단계라는 뜻이었다.

"터질 게 곧 터진다는?"

"그런 의미겠지요?"

이것은 한결에게 있어선 아주 큰 힘이 된다.

사람이 아무리 확신을 갖고 있어도 눈에 결과가 보이는 것과 그렇지 않은 것은 천지 차이인 법이다.

"한택글로벌 쪽에서 동아시아 물류라인을 확장해 놨으니, 인도네시아와 친분이 깊은 우리가 줄만 잘 댄다면 자동차부품 생산에서 족히 30% 이상은 단기적 이득을 취할 수 있을 것으로 보입니다. 운이 좋으면 연내 40%까지도 이득을 취할 수 있을 것이고요."

"그럼 오히려 생산단가가 5% 내지 10% 정도는 내려갈 수도 있겠군요!"

"물론 한택글로벌과 손을 잡았을 때의 얘기이지만요."

보크사이트는 국내에서 정련하는 것이 향후 수출에서도 큰 이문이 남기 때문에 반드시 수입 루트를 밟아야 하는 광물이다.

이는 한택글로벌과의 시너지 없이는 절대 성공할 수 없는 사업이라는 뜻이다.

지이이잉!

[발신자 : 전미윤 차장]

"호랑이도 제 말 하면 온다더니."
"전 차장인가요?"
"네, 한번 받아 볼까요?"

"그러시죠."

한결은 조용한 분위기 속에서 전화를 받았다.

"네, 접니다."

-기사 봤어요. 출혈경쟁이라니, 어떻게 된 거예요?

"음… 설명하자면 좀 긴데, 할 얘기도 있고 하니 만나서 얘기할까요?"

-마침 외근 때문에 역삼동에 왔어요.

역삼동이라는 얘기를 듣자마자 이명선은 주인장에게 1인분 추가를 부탁했다.

그러자 그는 흔쾌히 받아들였다.

"1인분 추가요!"

"주소 드릴 테니까 이쪽으로 와서 같이 점심 한 끼 하시죠."

-알겠어요. 금방 갈게요!

§ § §

점심메뉴로는 봄 도다리로 만든 초밥에 도다리쑥국, 도다리 회무침에 우엉밥이 나왔다.

그야말로 봄을 한 상에 다 차려 낸 느낌이었다.

전미윤은 자세한 설명을 듣고 난 후에야 모든 것을 이해했다는 듯한 표정이다.

"…어쩐지 한택글로벌 내에서도 의견이 분분했어요. 우리 회사를 살려 주는 것까진 좋은데, 굳이 IX홀딩스가 희생을 할 필요가 있냐면서요."

"회사에는 아직 알리지 맙시다. 우리 생각엔 그러는 편이 동맹을 유지하는 데 더 좋은 효과를 낼 것 같아서요. 입이 많을수록 정보가 샐 가능성이 높아져요."

"음! 확실히 그건 그렇죠."

이명선과 전미윤은 전체적으로 느낌이 비슷한 사람들이다.

굳이 따진다면 이명선이 연상의 누님처럼 한결을 챙겨 준다면, 전미윤은 한결의 리드를 따라가는 다소 순종적인 면이 있었다.

이 두 가지를 제외한다면 그녀들은 전적으로 비슷한 인물이었다.

'사람이 비슷하다는 건, 고로 전미윤도 믿을 수 있다는 뜻이겠죠?'

-뭐, 관상이 과학인 것처럼 성격도 과학이긴 해. 이명선이 네게서 구제를 받아 회사생활에서 꽃을 피운 것처럼, 전미윤도 네 능력에 반해 스스로 줄을 대 승승장구하고 있잖아. 서로 비슷한 처지에 비슷한 성격이라는 뜻이겠지?

'어쩌면 참 다행이네요. 이럴 때 전미윤이 배신자 기질을 가졌더라면…….'

―큭큭! 그런데 그것도 재미는 있었겠다, 야!

전미윤은 한결에게 인도네시아 프로젝트를 비밀리에 시작할 것을 제안했다.

"대놓고는 못 하더라도 인도네시아에 줄을 대서 천천히 한국으로 옮기는 작업을 해야 할 것 같은데요. 그쵸?"

"그럼 어쩌나? 프로젝트를 하려면 출자를 해야 하잖아요."

"출자야 하면 되죠?"

"요즘 한은이 눈에 불을 켜고 있는 터라 그게 쉬울지 모르겠습니다만."

"아! 그건 또 그러네요."

일을 하나 진행하려고 해도 역시 쉽지가 않았다.

이명선은 미간을 미세하게 찌푸렸다.

"…이상하지 않아요? 도대체 한은은 누구의 눈치를 보길래 저러는 걸까요?"

이것은 벌써 한 달 전부터 한결이 쭉 생각해 온 문제였다.

도대체 왜, 한 국가의 중앙은행이 눈칫밥을 먹느라 해외 진출을 지양하는 초강수를 둬야 하는 것일까?

가만히 생각에 잠기는 한결은 한가지 가정을 떠올려 봤다.

'자동차 업계는 과연 호황일까요? 아니면 불황 속 반짝 특수인 것일까요?'

―그거야 상대적인 거지. 누구에게는 호황, 누군가에게는 불황.

순간, 한결은 머리에서 '띵' 소리가 나는 것 같은 느낌을 받았다.

"…자동차부품 컨소시엄을 재조립했다는 것은 부품수요의 증가를 예측한 것에서 비롯된 행동이겠죠?"

"물론입니다. 대현 글로벌 모비스의 부품 생산량 증가와 수출액 증대는 그것을 반증하는 것이고요."

"한국은 자동차 산업의 호황. 반면에 그렇지 못한 나라도 있겠죠. 그렇죠?"

"그렇겠죠."

"이를테면 미국이라든지?"

"미국? 미국은 지금 산업호황 시기가 아닌가요?"

"모든 것은 상대적인 거잖아요. 자동차 시장의 호황은 브릭스, 탈중국 때문에 일어난 것인데, 그건 미국과는 직접적인 상관이 없다는 겁니다."

"아! 중국이라는 거대거점을 포기하고 새로운 생산거점을 마련한 뒤, 한창 부상 중인 개도국에 차를 수출해서 생긴 특수가 지금의 자동차 시장 호황이라는 거군요!"

"그래요! 그러니 미국의 입장에선 어떻겠어요? 어떻게 해서든 상대적으로 자동차 시장에서 이득을 얻어 내야겠죠. 안 그래요?"

"그렇다는 건……."

"그래요! 미국은 자국의 산업을 지키기 위해 부품시장의 가격상승 압력을 조절하려는 겁니다. 그러기 위해서 일부러 몰리브덴 수출을 억제하고 있던 거였고요!"

"아하! 그렇다면 모든 것이 다 설명이 되네요!"

한결은 드디어 마지막 조각을 찾아냈다.

"미국의 압제 속에서 아시아 시장은 위축되고 있었지만, 결국 자동차 시장은 호황으로 향해 갈 것이다…. 그렇다면 경쟁은 더욱 격화될 텐데, 과연 미국이 그 속에서 건질 수 있는 것은 과연 무엇일까요? 바로 가격조정 능력이라는 거죠."

"가격을 원할 때 조절해서 이윤을 챙긴다?"

"지금처럼 가격을 꼭 조여 놔요. 더 이상 못 오르게. 그러다가 수문을 활짝 열어 버리면? 그러면 어떻게 될까요?"

"…미국이 엄청난 이득을 챙기겠죠."

"네! 그것도 엄청이요!"

한결이 찾던 조각은 이미 완성되었다.

그러나 전미윤은 아직도 확신이 부족한 모양이다.

"하지만 그래도 아직 미스터리가 하나 있어요. 그렇다면 태선은 어째서 원자재 집중전략을 구사하지 않는 것일까요? 우리보다 정보습득이 빨랐을 가능성이 있잖아요."

"전략을 구사하지 않은 것이 아니라 할 의지가 없었다면?"

"…아?!"

"우리를 힘으로 찍어 누르면 굳이 그런 전략은 구사할 필요도 없죠."

"힘의 논리를 믿은 것이군요!"

-드디어 깨달았나 보네. 산 너머의 풍경까지 살피는 법 말이야.

풍경을 보고 원리를 깨달으면 나머지는 알아서 풀리게 되어 있다.

한결은 그 원리를 비로소 깨달은 것이다.

"그렇다면 지금부터 부품 생산량을 더 늘릴 방법을 찾아봐야겠군요. 어차피 컨소시엄에 속했던 회사들 중 일부는 잘려 나가게 될 테니까요. 그렇죠?"

"그건 그러네요! 지금도 중앙지검에서 국일철공을 미친 듯이 털고 있다고 하던데, 이제 곧 줄줄이 소시지처럼 관련 회사들이 수면위로 떠오르게 되겠죠!"

"새로운 회사들을 찾아봅시다. 내가 사모펀드를 통해서 경쟁력 있는 회사를 소개받고 투자까지 유치해 볼게요."

전미윤은 한결의 말에 아주 큰 원동력을 얻은 것 같았다.

그녀는 두 주먹을 불끈 쥐어 보였다.

"나는 어떻게 해서든 인니에서 한국으로 광물을 수송할 수 있는 출자구조를 찾아낼게요!"

그런 전미윤을 보며 이명선 또한 주먹을 꽉 말아 쥐었다.

"저는 두 분이 최선을 다해 달릴 수 있도록 서포트하겠습니다!"

"좋아요, 그럼 일 잘 마무리되면 셋이서 술 한잔합시다!"

§ § §

엔젤투자협회에 보낼 서류를 정리하고 그것을 취합하는 데에만 무려 여섯 시간이 넘게 걸렸다. 이번에야말로 부품 생산라인을 재정비해서 완벽하게 부활하는 모습을 연출해야 했기 때문이다.

'어휴, 빡세네!'

-참, 소처럼 일한다. 넌 진짜 나중에 늙어서 골병들 거야.

'…뭐 저주를 그렇게 생활용어처럼 쓰실까?'

-큭큭, 저주라니 인마! 그러니 좀 쉬엄쉬엄하라는 거지.

걱정도 참 장난꾸러기처럼 하는 것을 보면 차상식은 아직 철들려면 멀었다는 생각이 절로 든다.

한결은 다소 늦은 시간이지만 깔끔하게 업무를 정리하고 집으로 향했다.

지하철을 타고 가는 동안 스마트폰으로 저녁 뉴스에 귀를 기울였다.

[…다음 소식입니다. 이른바 리딩방 사건으로 주식시장을 시끄럽게 만들었던 일당이 일망타진되었다는 소식을 전

해 드린 바 있습니다. 서울중앙지검 형사부는 이 리딩방과 연관이 깊은 주가조작 사기단의 덜미를 잡고 수사를 진행, 대현자동차부품 컨소시엄에 편승해서 불법 바이아웃 사기를 저질렀던 일당을 붙잡았다고 전했습니다…]

'드디어 잡았나?!'
-중앙지검의 칼이 날카롭긴 하지.
'흠! 가만있어 보자. 그럼 말이에요, 저놈들이 저축은행에서 돈을 땡겨다가 기업사냥을 했다면, 아직도 그 채권이 남아 있지 않을까요?'
-채권? 뭐, 그렇긴 하겠지?
'운 좋으면 양유진에게서 저놈들과 관련된 저축은행 부실채권을 얻을 수도 있지 않겠어요?'
-크크, 그게 또 그렇게 써먹을 수 있겠군!
한결은 뉴스에 나온 회사의 이름들을 머릿속에 똑똑히 새겨 넣기 시작했다.

§ § §

한결은 술꾼들의 성지인 기사식당에서 양유진과 마주했다.
양유진은 한결에게 부실채권 3차 매각을 의뢰했다.

"오호호호! 저번에 네가 부실채권을 하도 물 흐르듯이 처리해서 그런지, 본부장이 내 말이라면 껌뻑 죽지 뭐니!"

"잘됐네. 축하해."

"얘에는! 감상이 딱 그 두 마디로 끝나니? 누나가 잘되면 너도 잘되는 거잖니!"

"너 있잖아. 꼭 옛날 동화에 나오는 계모 같아. 뭐만 하면 너어는! 얘에는!"

"죽을래?!"

"크크크!"

-으하하, 좋단다!

어쩐지 예전보다 편해진 느낌이 드는 건 사실이었다.

하나 한결에겐 여기까지가 마지노선이었다.

"그럼 시스터, 나도 부탁 하나만 하자."

"뭔데, 이 깍쟁아!"

"저축은행에서 나온 부실채권 같은 거 있는지 좀 알아봐 줄 수 있어?"

"저축은행? 그건 왜?"

"아는 사람이 저축은행에서 친 장난질 때문에 고생인가 봐. 그래서 내가 구제방안을 좀 알려 주려고."

-오! 포장 잘하는데? 이젠 진짜 포장 장인이라도 해도 되겠어? 응?! 크크크!

앞뒤 정황을 맞춰 보면 상호신용금고의 자산을 통해 로

웰투자신탁이 회사인수 및 투자를 진행했을지도 모른다.

만약 상호신용금고의 채권만 확보해도 판은 한결에게 유리하게 돌아갈 것이다.

잘하면 작전세력의 중심축이 통째로 흔들리는 일이 될 수도 있으니 말이다.

한결의 부탁을 들은 양유진은 어깨를 으쓱하더니 어딘가로 전화를 걸었다.

"뭐 어려운 일이라고. 기다려 봐! 어, 윤미 씨! 나야, 양 과장! 회사 근처인데, 잠깐 나올래? 자기가 저번에 멋있다고 했던 그 친구랑 술 한잔하고 있거든! 5분? 어머, 빠르기도 하네… 알겠어!"

"뭔데?"

"저번에 봤지? 네가 커피 사 줬던 우리 회사 동료들. 왜, 너한테 채권 밀어줬던!"

"아! 그 사람들!"

"오늘 아침에 들은 이야기인데, 요즘 저축은행에서 은행채를 마구잡이로 돌렸다고 하더라고?"

"…은행채를?"

1금융권 은행과 차이점이야 많겠지만, 저축은행도 채권을 발행할 수 있고 자금을 변통할 수 있다. 다만, 저축은행, 즉 상호신용금고의 경우에는 관련법상 자금조달의 요건이 생각보다 까다롭다.

만약 기회만 된다면 충분히 좋은 가격에 인수까지도 가능해진다.

잠시 후, 풀 메이크업에 몸매가 훤히 드러나는 원피스를 입은 여인이 백반집으로 들어왔다.

"…웜마, 저 처자는 무슨 백반집이 클럽인 줄 아나벼."

"이모! 여기 백반 1인분이랑 소주 한 병이요!"

여인은 기다렸다는 듯이 한결이 곁에 찰싹 붙어 앉았다.

"어머~ 과장님! 둘이서 좋은 시간 보내고 계신데 방해하는 건 아닌지 모르겠어요! 오호호호!"

"방해는 모르겠고, 이 친구가 자기한테 저축은행 부실채권을 좀 사고 싶다는데?"

"…정말요? 그럼 나야 감사하죠!"

방금 전까지만 해도 남자 아니면 죽음을 달라는 듯이 굴던 태도가 순식간에 변했다.

한결에게 정중히 고개를 숙였다.

"반갑습니다! 앞으로 파트너로 생각해도 되겠죠?"

"네, 그럼요!"

"특별히 원하시는 저축은행의 부실채권이라도 있으신지요?"

"특정 매물을 정해서 매입을 할 수도 있는 겁니까?"

"물론이죠. 원하시는 대로, 얼마든지 고르실 수 있습니다."

-이 말인즉슨, 저축은행 쪽에서 매물이 존나게 쏟아지고 있다는 뜻?

　뜻밖의 정보를 얻었다.

　그렇다면 판을 조금 더 유리하게 끌고 갈 수 있을 것 같기도 했다.

　"혹시 그럼 전환사채 쪽도 매물이 있을까요?"

　"물론이죠! 원하신다면 해당 회사 채권 정보를 넘겨 드릴 수도 있는데."

　"그래요?"

　-졸라 럭키네!

　한결은 내심 슬그머니 미소를 지었다.

　부실채권의 매매 가계약을 맺은 뒤에 정식으로 약속을 잡았다.

　"일주일 뒤에 찾아뵙겠습니다."

　"네, 감사합니다! 최선을 다해 모시겠습니다!"

　완벽하게 영업사원으로 돌변한 그녀를 보니 어쩐지 마음이 놓인다.

　이윽고 한결은 전미윤에게 문자를 보냈다.

[나 : 남아시아 출자는 어떻게 되어 가고 있습니까?]
[한택 전미윤 차장 : 출자, 오케이요!]

'좋아!'
-자, 그럼 이쪽에서도 반격 타이밍을 잡은 건가?
'네, 물론이죠!'
한결은 부품생산을 위한 중소기업 인수 타이밍을 만들기 시작했다.

§ § §

미국 상무부의 자동차 시장에 대한 압박이 거세지면서 서서히 관련 주가는 하락세로 돌아서고 있었다.

[대현자동차 : -1.9%▼]

가장 먼저 주가가 하락한 쪽은 다름 아닌 대현자동차였다.
한태신은 그런 가운데 투자귀신으로부터 너무나도 뜻밖의 메시지를 받았다.

[투자귀신 : 알루미늄을 매입하시면 5~10% 정도는 이득을 챙길 수 있을 것이라고 생각됩니다. 단, 타이밍이 중요합니다. 정보는 함구하세요]

"…자동차 관련주가 하락하는데 알루미늄을 사 놓으라니?"

너무나도 역설적인 얘기였다. 자동차를 만드는 소재 중 알루미늄은 상당히 높은 비중을 차지하기 때문에 매입했다가 괜히 피를 볼 수도 있다.

물론 이러한 전략이 시장에서 아예 통하지 않는 것은 아니었다. 한 1년쯤 장기적으로 봤을 땐 효험을 볼 가능성도 높았다.

하지만 한태신은 트레이더였다.

절대 장기적인 포지션은 유지할 수 없다는 뜻이다.

"도대체 무슨 메시지를 전하고 싶은 거지?"

이제 한태신은 투자귀신의 말이라고 해서 무조건 따를 수는 없다. 이제 그는 프랍트레이더 자리에서 내려와 하나의 부서를 맡은 책임자가 된 것이었다. 10억, 20억에 일희일비할 입장은 아니라는 뜻이다.

장이 끝나고 잠시 쉬는 타임이 찾아왔다.

"다들 커피나 한잔할까?"

"네, 팀장님!"

투자 2팀장으로서 부하들을 데리고 휴게실로 내려갔다.

팀원들은 오늘 하루도 고객들의 돈을 가지고 0.1%의 소수 싸움을 하느라 지칠 대로 지친 모습이었다.

"…요즘 장이 영 별로네요. 수익도 잘 안 나는 것 같고."

"팀장님, 이제 우리도 국내증시 말고 미국으로 가늠자를 옮겨야 하는 거 아닙니까? 표적지가 영 꽝이라서."

한태신은 고개를 가로저었다.

"사수가 영 꽝이라는 생각은 안 들고?"

"아, 아하하! 그건 그렇죠……."

워낙 석 부장에게 당한 것이 있어서 더 이상 팀원들을 갈구지는 않기로 한다.

그보다 한태신은 팀원들에게 알루미늄에 대해 물었다.

"그나저나 요즘 원자재 시장은 좀 어때?"

"여전히 개판이죠! 상무부가 자동차 규제한다고 난리를 피우는 바람에 아주 통창이 따로 없다니까요?"

"…이런 판에 알루미늄을 매입하면 병신이겠지?"

"하하! 대가리에 총 맞은 새끼라면야 그럴 수도 있겠네요!"

확실히 보통의 상식으로는 이해가 안 되는 제안이었다.

그러나 투자귀신의 혜안은 그런 상식으로 이해할 수 있는 것이 아니었다.

"그나저나 팀장님, 반도체 관련주는 어떻게 할까요? 이게 뜨긴 뜨는 것 같은데, 원자재 가격을 보면 그건 또 아닌 것 같고……."

"…반도체? 지금 관련주가 어떤데?"

"실리콘 관련주만 해도 엄청 떴죠! 그런데 국내증시에서는 그렇게 개판이라니, 내수가 영 폭망이긴 한가 봐요!"

바로 그때였다.

한태신은 그동안 잠시 잊고 있었던 무언가가 뇌리를 뚫고 나오는 것을 느꼈다.

"아니, 잠깐! 그럼 상무부에서 희토류까지 생산물량을 줄인다고 했겠네?"

"네! 물론이죠. 몰리브덴의 경우에는 최대 15%까지 줄일 수도 있다던데요?"

"…다른 나라들은? 다른 나라들은 어떻대?"

"어… 먹고는 살아야 하니까 일단 찍어 내기는 하는데, 큰 기대는 안 한답니다. 박리다매에 걸어 보는 모양이던데요?"

순간, 한태신의 등줄기로 한 줄기 식은땀이 흘러내렸다.

'…이대로라면 인도로 수출할 미국 내 희토류 물량이 부족하게 된다. 그때 가서 증산한다고 하더라도 타이밍이 안 맞아!'

절묘한 타이밍이다.

미국의 희토류 부족 사태야 주변국들의 옆구리만 쿡쿡 쑤셔도 금방 해결될 문제이다.

하지만 그 조달비용이 문제였다.

최소 한 달, 그동안 희토류 가격은 껑충 뛸 것이 분명하고 단기 수입 기조 역시 바뀔 가능성이 높았다.

한마디로 선물시장에 핵폭탄이 떨어질 수도 있다는 뜻이다.

"석고대죄를 해야……."

"네? 갑자기 그게 무슨 말씀이세요?"
"…아니야, 아무것도."
"팀장님, 우리도 이참에 확 미국으로 넘어가시죠!"
한태신은 회심의 미소를 지었다.
"아, 뭐, 그럴까? 한국 시장은 영 재미가 없어. 그치?!"
"아이고, 그럼요!"
"일단 현상유지만 하고 있어. 주변에는 우리가 조만간 미국으로 뜬다고 하고."
"엥? 그렇게 바이럴을 뿌리면 우린 뭘 먹습니까?"
"에헤이, 내가 다 생각이 있어서 그래!"
그는 이제 투자귀신의 말이라면 불길 속이라도 뛰어들 준비가 되어 있었다.
"자, 그럼 일단 인니, 호주 쪽에서 알루미늄을 모조리 사들여!"
"네?!"
"희토류는 그다음에 타이밍 맞춰서 매입하도록 하고!"

§ § §

한결은 회사 복도에 있는 캔커피 자판기에 동전을 넣었다.
철컹!
500원짜리 동전을 먹어 치운 자판기는 사이즈가 다소 큰

캔을 토해 냈다.

-이 회사는 커피도 싸게 파네?

'우리가 수입하는 커피를 도매로 파는 거니까요.'

-크크, 이게 바로 종합상사의 사내복지라는 건가?

IX홀딩스는 전체적으로 사내에서 파는 모든 것이 싼 편이었다. 심지어 구내식당에서 파는 간식류는 거의 인건비만 받는 수준이었다.

물론 이것이 가능해진 것은 한결과 같은 사람들이 불철주야로 뛰어 준 덕분이었다.

'가끔은 기분이 이상하다니까요. 내가 행상으로 사 온 물건을 우리 집 밥상머리에 올리는 기분이랄까?'

-이게 진정한 DIY 아니냐?

'자급자족?'

-크크크! 맞네, 자급자족!

커다란 캔커피를 손으로 집어 들 때쯤이었다.

저 멀리서 곽 과장이 한결을 부르면서 달려왔다.

"부장님!"

"곽 과장! 좋은 아침이네요? 커피 마실래요?"

"지금 커피가 중요한 게 아닙니다! 이것 좀 보십시오!"

[알루미늄 가격 심상치 않다…]
[자동차부품 가격상승 기로, 4% 물류덤핑 '태선인터' 깊

은 고심…]

[한택글로벌, 남아시아 수입 확대…]

[주식시장 흔들, 태선그룹 전체주가 3% 하락…]

"태선이 잘하면 삼선-GL 쪽에서 손을 뗄 수도 있겠습니다!"

"후후, 타격이 제법 크네요. 그쵸?"

남들보다 한 발자국 먼저 움직인 덕분에 한택글로벌은 인도네시아에서 안정적으로 알루미늄을 수급할 수 있게 되었다.

그에 반해 덤핑전략으로 일관하며 한택-IX 동맹을 흔들던 태선인터는 한순간에 타격을 받을 수밖에는 없었다.

"태선 쪽의 반응은 어떻다고 합니까?"

"오면서 들어 보니 출자구조를 손볼까 한다던데요?"

"훗! 출자구조를 손봐?"

차상식은 만족스러운 표정을 지었다.

-기업이 타격을 받으면 원래 지갑부터 손보기 마련이지! 판때기가 아주 재미있게 흘러가네!

'자, 그럼 인수작전 시작해 볼까요?'

원활한 부품공급을 위해 중소기업을 인수하거나 투자를 해 줘야 하는 것은 당연한 일이었다.

하지만 대놓고 출자를 했다간 분명 한결에게 두들겨 맞

은 놈들이 가만히 있지 않을 것이었다.

한결은 알루미늄으로 태선인터에 타격을 준 후에 인수합병의 시간을 벌었고, 드디어 절호의 타이밍이 도래했다.

'엔젤투자 시작하고 채권까지 매입해서 저 새끼들 발목을 꽁꽁 묶는 것까지 가능한 시간이겠죠?'

-그거야 엔젤투자를 누가 진행하느냐에 따라 다르겠지?

만약 속도전이 필요한 것이라면, 한결은 미국에서 온 조력자를 떠올릴 수밖에는 없다.

'AIB랑 합을 맞춰 보죠!'

제7장
인생은 타이밍

따르르릉!

아침부터 쏟아지는 전화에 제임스 스와든은 한숨을 푹 내쉬었다.

"…일이 많아도 너무 많군."

최근 중소기업 시장에서 M&A 매물이 쏟아지는 바람에 AIB의 매출은 올라갔으나 업무는 너무 과중해져 버렸다.

과연 이 시장이 M&A를 진행하기에 좋은 시황인지는 모르겠지만, 이제 증시 따위는 중요하지 않을 정도로 한국 인수합병 시장은 호황이었다.

제임스는 전화선을 빼놓고 잠시 휴식을 취하기로 했다.

지이이잉!

하지만 주머니에선 찰나의 휴식을 방해하는 진동이 느껴

졌다.

"진짜 죽으라는 건가?"

어쩔 수 없이 스마트폰을 확인했다.

한 통의 이메일이 날아왔다.

제목을 보니 투자귀신이었다.

"이른 아침에 어쩐 일이지?"

제임스 스와든은 당장 이메일을 읽어 내려가기 시작했다.

[투자귀신 : 나노 박막, 도장, 합금 분야 회사들 중에서 ODM 전문사들을 인수하고 싶습니다]

"ODM? 흠, 그런 회사들은 지금 다들 하락장일 텐데?"

어제 청진에셋에서는 미국의 자동차 규제 여파로 한국계 주식들을 동결시키고 서서히 매각을 준비할 것이라는 얘기가 나오고 있었다. 또한, 시장에서도 미국의 규제조치로 인해 IX홀딩스와 대현차의 관계가 2/4분기를 기점으로 틀어질 것이라는 게 정설처럼 굳어지고 있었다.

한데 자동차부품 ODM 회사들을 인수하겠다는 것은 실로 이해하기 어려운 행동이었다.

"…투자귀신은 그저 모험을 즐기는 스타일인 건가?"

현재 AIB에서는 지금까지 투자귀신이 만들어 낸 기적과도 같았던 자금회수 국면에 대해 상당히 높은 평가를 내리고 있었다.

하지만 그의 전략들은 그 당시에는 도무지 이해가 가지 않을 때가 많았다.

최종적으로 나온 결괏값을 토대로 행동을 역추적해 납득했을 뿐이다.

"이번에는 정말… 머리가 복잡하군."

생각이 많아지긴 해도 일단 투자귀신의 요청이 들어왔으니 움직이지 않을 수가 없었다.

이제 AIB 아시아 지부 전체가 그를 주목하기 시작했기 때문이다.

제임스는 곧장 채권관리 부서로 향했다.

똑똑.

한국 시장에서 회사채를 관리하는 허신영의 책상을 두드렸다.

"신영, 잠깐 얘기 가능해?"

"제임스! 그래, 앉아!"

허신영은 언제나 친절하고 상냥한 사람이다. 그래서 그녀는 AIB뿐만 아니라 동종업계 모두에게 인기가 높은 편이었다.

허신영은 제임스에게 기관지에 좋은 생강레몬차를 내어 주었다.

"차 고마워."

"별말씀을! 그나저나 어쩐 일이야?"

"요즘 나노 박막이라든지 특수강 합금이라든지, 도장 같은 분야는 좀 어때? 채권이 잘 돌아?"

"아아! 제임스도 요즘 자동차 관련주 때문에 심란하구나? 작년까지만 해도 대현차가 시황이 괜찮았거든? 그런데 요즘 갑자기 다이어트를 한다고 채권을 많이 정리하는 분위기네?"

"부채비율을 줄이고 있다…? 그렇다면 그것 때문에 관련 회사 주가가 올라갈 수도 있을까?"

"에이, 오히려 그 반대 아닐까? 부품 컨소시엄까지 해체한 마당인데."

"흠……."

"그 덕분에 IX홀딩스만 죽어난다는 얘기가 있지. 기껏 GL-삼선 물류동맹에 숟가락 얹게 해 줬더니 다음 분기에 바로 물류회사 갈아탈 생각을 하고 있는 거잖아."

"얘기는 들었어. 물류비용을 4%나 추가 할인하겠다고."

"그 정도면 뭐, 거의 사활을 걸었다고 해도 과언이 아니지. 그치? 그런데 재미있는 건 비하인드 스토리야."

"숨겨진 이야기가 있어?"

"IX홀딩스와 태선인터는 아예 물류관리 청사진 자체가 다르다는 점이야. IX홀딩스는 남미랑 인도에서 아예 끝장을 보겠다는 거고, 태선인터는 죽었다 깨어나도 중국이랑 한국이라는 거야. 갈래가 완전히 다르지 않아?"

순간, 제임스는 눈이 번쩍 뜨였다.

'…만약 여기서 전자제품의 수요가 확 늘어 버린다면 어떻게 되는 거지? IX홀딩스만 노나는 거잖아? 허! 그럼 덩달아 ODM 회사의 주가도 오르겠군!'

당연한 수순이었다.

만약 IX홀딩스와 태선인터의 승부에서 IX홀딩스가 승리한다면 이 판은 투자귀신이 최대수혜자가 되는 것이다.

'그렇다면 청진에셋의 움직임도 이해가 되는군! 한태신은 한국 시장을 버린다는 바이럴을 통해 자동차 시장을 등졌다고 보이지만, 사실은 미국 원자재 시장을 정조준하고 있던 것이었어!'

제임스는 환하게 웃으며 자리에서 일어섰다.

"얘기 고마워!"

"벌써 가려고?"

"조만간 좋은 일 있을 거야! 그땐 내가 밥 한번 살게!"

제임스는 당장 매물부터 알아보러 자리로 달려갔다.

§ § §

리버타운 상가 지하에는 약 300평 규모의 헬스장이 위치해 있는데, 이곳에는 전문 트레이너와 영양사, 물리치료사

등이 상주하고 있다.

한결은 몇 시에 퇴근을 하든 이곳에서 하루 한 시간 정도 운동을 한다.

오늘은 등운동을 하는 날이다. 폼롤러로 가볍게 근막을 이완시켜 준 뒤, 견관절을 따뜻하게 데울 수 있는 동작으로 몸을 풀어 주었다.

-야, 그런데 등운동을 하는 날인데, 왜 어깨를 풀어?

'등이라는 게 견갑골이랑 관련이 깊거든요. 견갑골을 움직이려면 어깨가 개입을 안 할 수가 없으니까 자주 부상을 당하죠. 그래서 풀어 주는 거예요.'

-은근히 체계적인데?

'은근히라니, 나름대로 엘리트 체육인 코스를 밟았었다니까요?'

-아참, 그랬었나?

'그런데 그건 왜 물어봐요? 육신도 없는 양반이?'

-혹시 아냐? 나중에 성불해서 윤회라도 하게 될지.

'에이, 윤회를 해도 지금 배운 운동법을 어떻게 기억해요?'

-사람 일은 모르는 거잖냐!

'하긴 뭐, 세상에 0%라는 건 없는 거니까.'

한결은 대체로 눈에 보이는 것만 믿는 사람이다. 사건 속 진실을 파헤치는 데 힘들어했던 것도 지나치게 직관적이기 때문이었다.

하지만 이제는 그 관점을 아주 조금씩 바꿔 나가고 있는 중이다.

-그리고 인마, 너는 인생이 지나치게 재미가 없어. 내가 얼마나 심심하면 이러겠냐? 어떻게 인간이 일 아니면 운동밖에 몰라?

'나는 이게 재미있는데요?'

-⋯미친놈인가?

'하긴 누가 그러더라고요. 헬스에 열광하는 사람치고 정상인은 별로 없다고.

-그 사람 누구냐? 노벨상이라도 줘야 하는 거 아녀? 너 하는 거 봐라. 정상이 아니지!

'에이, 진짜!'

한결은 등근육을 옆으로 쭉쭉 벌려 주는 운동부터 시작했다.

턱걸이 봉에 매달리는 한결.

-오, 풀업!

'풀업을 알아요?'

-나도 인마, 사람인데! 모를 리가 있냐?

'그런가?'

아주 천천히, 근육의 긴장감을 느끼며 턱걸이를 하는 한결에게 차상식이 물었다.

-원래 그렇게 천천히 하는 거야?

'…텐션을 유지해 줘야 근섬유 하나하나가 손상을 입으면서 근비대가 이뤄지죠! 아놔, 말 걸지 말아요! 집중력 흐트러지니까!'

-아, 그 새끼! 진짜! 심심해서 그래, 심심해서!

아무래도 안 될 것 같았는지, 한결은 스마트폰에서 영화를 리뷰해 주는 X튜브 영상을 찾아 재생해 놓았다.

'이거나 보고 있어요. 재미있어요.'

-…누굴 금쪽이로 아나. 너, 무슨 스마트폰 육아하냐?

'싫으면 말고.'

-누가 싫대?!

'그럼 그거 보면서 좀 기다려요.'

한결은 차상식에게 스마트폰을 던져 주고 운동에 집중하기 시작했다.

역시 조용하니 근육에 자극이 더 잘 느껴진다.

한 30분 정도 진득하게 운동하다가 차상식이 잘 있나 확인해 보았다.

그랬더니…….

-…와, 졸라 고구마! 저 감독 새끼 진짜!

'아이고야.'

-야, 나 X플릭스 끊어 줘.

'아저씨가 무슨 금쪽이에요? 그냥 봐요.'

―이런 치사한 새꺄! 그냥 좀 해 줘!

'아, 거참, 알았어요. 그런데 아저씨가 하루 종일 내 폰으로 영화만 보면 나는 뭘로 업무를 봐요?'

―아, 그거? 걱정할 필요 없어. 내가 가방 속으로 대가리 처박고 알아서 조용히 볼 테니까, 너는 그냥 태블릿 하나만 사서 가방에 넣어서 동영상만 틀어 주면 되는 거야. 그럼 최소한 두 시간은 조용하지 않겠냐?

'어? 그게 돼요?'

―왜 안 돼? 너 잊었나 본데, 나 귀신이야.

'아! 맞네, 아저씨 귀신이었지! 오케이, 알겠어요. 그 정도야 해 줄 수 있죠.'

―야야, 얼른 끊어서 영화든 드라마든 틀어 봐. 이게 생각보다 재미있네! 살면서 이런 재미있는 걸 왜 안 보면서 살았던 걸까!

'뭐든 처음이 어려운 법이죠.'

생각해 보면 살아생전에 제대로 된 취미 하나 없었던 차상식이기에 드라마나 영화는 최고의 사후 취미생활이 될 수도 있을 것이었다.

한결은 인터넷에 있는 모든 OTT를 모조리 결제했다.

'보고 싶은 거 있으면 말해요. 틀어 줄게요.'

―고맙다! 으흐흐!

차상식이 뛸 듯이 기뻐하니 한결도 덩달아 마음이 좋아

진다.

찌릿!

'엇?! 뭔가 감이 왔는데?'

-오! 맞아, 내가 이 정도로 기분이 좋으면 너도 뭔가 촉이 확 오잖아! 뭔가 또 촉이 왔어?

'어쩐지… 귀인이 나타날 것 같은데요?'

바로 그때였다.

지이이잉!

한결이 말을 맺자마자 그에 딱 맞춰 스마트폰이 울렸다.

[AIB 제임스 스와든 : 말씀하셨던 기업인수 중개 건은 마무리해서 리스트로 작성해 놨습니다. 원하시는 회사 골라서 체크하시면 곧바로 채권인수부터 시작하겠습니다]

'앗싸!'

-역시 빠르네! 제임스 스와든이 네가 말했던 귀인인가 봐!

'그것도 아주 틀린 소리는 아닌데, 내 직감엔 제임스 스와든은 아니에요. 뭔가… 내가 잘 모르는 흑막의 인물이랄까? 뭐 그런 느낌인데!'

-음…….

'아무튼, 오늘은 아니에요. 언젠가 나타나겠죠!'

차상식은 한결의 말에 웃으며 고개를 끄덕였다.

-아, 뭐 그럴 수도 있지! 됐고, 아까 리뷰에서 봤던 영화나 감상해야겠어. 거리의 시인이라는 영화 좀 찾아봐 줘!

'아… 여기 있네요. 즐감하세요.'

-큭큭! 그럼 편하게 누워서 좀 즐감해 볼까?

근래 들어 한결이 본 차상식의 모습 중 단연 최고의 미소를 짓고 있었다.

이럴 줄 알았으면 매월 몇만 원쯤 진즉에 써 줄 걸 그랬다는 생각이 절로 든다.

'아무튼 간에 이제 그럼 부실채권 좀 인수해 볼까요?'

-으헤헤, 골때리네! 응? 뭐라고?

'…아니에요. 계속 보세요.'

차상식은 아마 당분간은 드라마에 푹 빠져서 지내지 않을까 싶은 생각이 든다.

§ § §

운동을 마치고 집으로 돌아가는 길.

한결은 방금 전 제임스 스와든에게서 받은 기업 목록을 쭉 살펴보았다.

AIB에서 소개한 회사들은 전부 미래가치가 높고 앞으로의 성장 가능성도 상당히 컸다.

"태일전자 소재, 나성화학, 에이스정밀……. 엉? 에이스정밀?!"

─에어컨 회사 이름이 왜 나오는 거야?

차상식은 여전히 드라마에 시선을 고정한 채 한결에게 물었다.

한결은 자료 속 내용을 그대로 읊어 주었다.

"에이스정밀은 에어컨 기술에 집중투자를 거듭한 뒤, 철강 분야 급속냉각기술을 연마해 정련, 재련 부문에서 28개의 국제특허를 획득했다……. 와! 에이스정밀이 정말 많이 크긴 했네요!"

─지금까지 주식을 손에 꼭 쥐고 있었으면 대박 났겠는데?

"그런데 여기 명단에 있는 회사들이 전부 다 괜찮은 편인 것 같은데요?"

─다른 회사도 아니고 AIB이니까.

"흠! 그런데 회사들의 전망이 그렇게까지 좋으면 좀 곤란한데……. 저 새끼들이 언제 치고 들어올지 모르잖아요?"

─어이구, 구더기 무서워서 장 못 담그냐?

"에이! 그건 아니죠!"

─그럼 뭐가 문제야? 상대방이 달려들어? 밟아 주면 되는 거잖아.

"아! 맞네, 그건 그러네!"

-자신감을 가져. 리틀 차상식이 그렇게 애송이 같아서 어디 쓰겠냐?

"오케이! 쫄지 않을게요!"

한결은 성장동력이 확실한 회사 15개를 골라 출자를 하기로 결정했다.

막상 이렇게 결정을 내리고 나니 마음이 한결 가벼워진다.

"음! 오히려 좋은데요?"

-걱정이 너무 많아도 인생이 피곤해~

"아참! 그러고 보니까 대진은행에서 저축은행들의 은행채를 사기로 했죠? 그걸 바탕으로 판을 다시 흔들어 주면 되겠네요!"

-그러네. 그런 방법도 있었네.

"음… 이번엔 역으로 작전을 좀 쳐 볼까요?"

-큭큭, 역관광이라? 좋지!

§ § §

한결은 대한민국 금융가의 중심인 여의도를 거닐었다.

슬슬 따스한 봄바람이 불어오기 시작하면서 주변은 산뜻한 색으로 물들어 가고 있었다.

"여기 말씀하셨던 것들이요."

양유진의 동료이자 대진은행 채권관리 1팀장 고윤미 과장은 한결이 원하던 저축은행 채권들을 넘겨주었다.

한결은 채권을 받자마자 그 내용부터 확인해 보았다.

[…옐로우 상호신용금고 지주 전환사채]
[표시금액 : 850억 원]
[디스카운트 이후 최종금액 : 212억]
[할인율 : 75%]

할인율이 제법 많이 들어간 전환사채였다.

이것이 가능해진 것은 옐로우 상호신용금고가 은행채를 남발했을 정도로 현재 신용도가 별로 좋지 않기 때문이었다.

"정말 감사드리긴 하는데, 인수를 하셔도 괜찮은 것일까요?"

"원래 개똥도 필요하면 다 쓸 데가 있는 법이죠."

-큭큭, 75% 할인해서 팔 정도의 부실채권이면 개똥이긴 하지!

전환사채는 신용이 생명이다. 차후 보통주로 전환되는 권리를 가진 채권이기에, 만약 향후 주식의 가치가 지금보다 절하될 리스크가 있다면 휴짓조각 취급을 받기도 한다.

그런 고위험 전환사채를 사들인다는 것은 사실상 자살행

위로 간주되는 경우가 많았다.

고윤미는 동료의 지인에게 쓰레기를 덤핑하는 것은 아닌지 걱정되는 것이었다.

"그… 지금이라도 늦지 않았으니 말씀만 하세요! 얼마든지 캔슬은 해 드릴 테니까요."

"제가 지금 거둬들이려는 채권의 총액이 750억 정도 되죠?"

"네, 우수리 떼고요."

"나쁘지 않아요! 안심하고 좋은 소식 기다리시면 됩니다."

"음……."

"그나저나 관련 회사들 자료를 주신다고 한 것 같은데요?"

"아참! 내 정신 좀 봐!"

고윤미는 한결에게 6개 저축은행 및 지주회사에 대한 자료를 건네주었다.

[상호출자 및 내부거래 내역]
[외부채권관리대장]

"상호출자?"

"원래 이 회사들이 처음부터 지주회사로 귀속되어 운영된 게 아니거든요. 원래는 작은 저축은행으로 시작했다가 외국계 사모펀드가 매입해서 관리했는데 세컨더리 거래로 경영권이 트레이드되었죠."

"아하! 그 사모펀드의 계열사끼리 상호출자를 했던 내역인가요?"

"네, 맞습니다."

"흐음……."

한결은 눈빛을 반짝였지만, 고윤미는 어쩐지 좀 꺼림칙한 표정이었다.

"그… 이게 말이에요. 원해서 가지고 나오긴 했는데, 문제가 많았거든요."

"문제라니요?"

"요즘 주가조작 문제로 말 많던 기업들이 손을 댔던 회사들이라……. 사실 금감원에서도 이 문제로 우리 대진은행 부실비율을 상당히 높게 잡았었거든요."

"네?!"

"우리야 은행채 매입과정에서 부실이 발생한 거니까 청산 대신 받아 뒀던 거긴 해도, 당신은 입장이 다르잖아요."

-와, 이거! 양 대가리가 진짜 제대로 한 건 해 줬는데?!

이제야 모든 퍼즐이 맞춰졌다.

'이놈들은 저축은행을 통해서 대출을 받은 게 아니라, 아예 저축은행을 인수해서 기업사냥에 써먹은 거였네요!'

-네가 저번에 얘기했지. 등운동은 견갑골을 움직여 주는

것이기에 오히려 그것을 잡아 주는 어깨가 많이 다친다고.
 '네, 그랬었죠.'
 -저놈들도 마찬가지야. 모회사의 출자로 투자판을 흔들어서 돈을 벌어들이지만, 결국엔 작전을 펼쳐 줄 선수와 조력자가 중요한 법이야.
 '중요한 건 연계다?'
 아주 잠깐 잊고 있었는데, 모든 것은 연계로 돌아가기 마련이다.
 만약 그렇다면 연계의 중간지점을 칼로 끊어 낼 수 있다면 어떻게 될 것인가?
 '지금 저 새끼들의 자금사정은 더럽게도 안 좋겠죠? 우리가 중간에서 대가리를 그렇게도 쳐 댔으니.'
 -당연하지!
 '그럼 이렇게 해 보자고요! 저축은행을 먹어 치우겠다고 협박하는 겁니다!'
 -어? 저 새끼들 상대로 삥을 뜯자는 거야?
 '네! 쓰레기들 삥뜯는 게 나쁜 건 아니잖아요?'
 -그건 그렇지!
 '마침 저축은행에 프레스를 가할 어깨를 찾았고!'
 -우리에게 그런 어깨가 있었나?
 '있죠. 변호사!'
 -아! 그 홍익의 워킹 파트너를 말하는 거야?

'그 정도 실력이면 저축은행 정도는 가볍게 조져 줄 것 같은데요?'

-하지만 그놈이 네 뜻대로 움직여 주겠어?

한결은 차상식의 질문에 회심의 미소로 답했다.

'상대를 흥분시켜라! 이것은 적에게도 해당되지만 아군에게도 해당되는 얘기죠!'

-예를 들어서?

'불구경 다음으로 재미있는 게 싸움구경이라잖아요? 그 본능을 자극하는 거죠.'

-…오호라, 싸움구경! 하긴 그게 제일 재미있긴 하지!

'이참에 우리 파트너 변호사가 어떤 사람인지 한번 알아보자고요.'

한결은 고윤미에게 악수를 건넸다.

"아무쪼록 좋은 거래였습니다!"

"그냥 이대로 진행을 하시겠다고요?"

"네! 무슨 문제라도?"

"아니요, 그런 건 아닌데……."

"걱정 마세요! 잘될 겁니다!"

오히려 매각한 쪽에서 미안할 정도의 거래였다.

하지만 한결은 이제 곧 이것으로 엄청난 수익을 거둘 것이었다.

'으흐흐! 미안해할 필요 없는데?! 한 2천억 넘게 땡길 거니까!

-으흐흐흐!

사제간의 웃음이 미묘하게 간사해졌다.

§ § §

법무법인 홍익으로 한 통의 이메일이 도착했다.

딩동!

늦은 밤까지 업무에 매진하고 있던 문병선은 알림음에 곧바로 고개를 돌려 화면을 쳐다보았다.

[보낸 이 : 클라이언트 _ 투자귀신]

"그 신기한 귀신 양반이 드디어 이메일을 보내왔군!"

상부의 지시로 어쩔 수 없이 고문 역할을 떠맡게 되었다곤 해도 투자귀신의 행보는 충분히 흥미로웠다.

다만, 그 행보의 끝이 어디까지일지는 아직 미지수다.

문병선은 투자귀신이 보낸 이메일을 클릭해 보았다.

[저축은행 여섯 개에 대한 지주사 전환사채주식전환 집행을 시작하려고 합니다. 관련 자료를 첨부할 테니 활용해 주십시오]

"뭐지? 뜬금없이 웬 저축은행?"

일반기업이 저축은행을 소유하는 것은 금산분리에 위배될 소지가 다분하나 사모펀드의 경우엔 얘기가 다르다.

하지만 그렇다고 해서 투자귀신이 저축은행을 인수한다고 문제가 생기지 않는다는 법은 없다.

저축은행은 신용도 상한선 이상의 돈만 빌려 줘도 대표이사를 경질할 수 있는 집단이기 때문이다.

"이해가 잘 안 되는군. 흠……."

M&A 관련 법적 자문을 하다 보면 예상치 못한 변수에 대비해야 할 때가 많다. 그런 직업병 탓인지 문병선은 이메일을 놓고 한참을 고민했다.

그러나 저 짧은 문구 한 줄로 투자귀신과 같이 종잡기 힘든 인물을 이해한다는 건 불가능한 일이었다.

"뭐, 어쨌든 간에 내 일만 해 주면 된다, 이거 아니야."

어차피 법무만 해결해 주면 변호사로서의 일은 끝인 것이다. 그 이후의 일이야 문병선에겐 책임이 없다.

날이 밝자마자 저축은행 여섯 개에 대한 전환사채주식전환 권리를 행사하기 위해 해당 지주회사들에게 공문을 보냈다.

그러자 문병선은 너무나도 뜻밖의 대답을 전해 받았다.

"변호사님! 옐로우 저축은행에서 주식전환을 거부했습니다!"

"…그게 거부한다고 되는 문제인가?"

"이사회 소집을 통해 전환청구권에 대한 적법심사를 진행하겠다고 하는군요."

문병선이 확인한 바로는 전환청구권에는 이상이 없었다. 그렇다면 경우의 수는 단 하나였다.

"시간 끌기를 하겠다는 건가?"

"옐로우 저축은행뿐만 아니라 나머지 다섯 개 사도 똑같은 입장을 표명했습니다."

"흠……."

과연 이러한 얘기를 들으면 투자귀신은 어떻게 반응할까?

문병선은 클라이언트에게 이 사실을 그대로 전달해 주었다.

[귀하의 보통주 전환권리 행사에 대해 대상 회사들이 이사회를 소집, 적격심사에 들어갔습니다. 아무래도 시간이 좀 걸릴 것 같습니다]

이메일을 보내자 곧바로 답장이 왔다.

이번에는 이메일이 아니라 메신저 대화 메시지가 왔다.

[투자귀신 : 이사회 소집일이 언제인가요?]

[나 : 두 달 뒤, 정기이사회가 소집되면 그때 안건을 상정할 예정이라고 합니다]

[투자귀신 : 그쪽에 전하세요. 지주사 채권단 소집해서 금융조정 실시하기 싫으면 보통주 전환하라고요]
　　[첨부파일 : 은행채 보유현황]

　　"…뭐야, 저축은행 은행채도 보유하고 있었어?"
　　저축은행은 보통의 은행보다는 활동에 훨씬 많은 제약이 걸려 있으나 자금유통이 어려워지면 은행채를 발행할 수도 있다.
　　다만, 저축은행의 신용도에 따라 고금리 은행채가 발행될 수밖에 없기 때문에 이는 양날의 검이었다.
　　"양날의 검으로 저축은행 지주사를 썰어 버리겠다… 뭐, 그런 건가?"
　　판이 점점 흥미로워진다.
　　그간 M&A 판에서 이와 비슷한 사례를 자주 봐 왔지만, 이렇게 실시간으로 치고받는 난타전을 구경하는 것은 처음이었다.
　　문병선은 재빨리 저축은행 측으로 관련 자료를 첨부해서 보냈다.
　　그러자 곧바로 전화가 걸려 왔다.
　　따르르르릉!
　　"네, 변호사 문병선입니다."
　　-…옐로우 저축은행입니다. 지금 장난하는 것도 아니

고, 이렇게 다짜고짜 보통주 전환을 요구하면 어쩌자는 겁니까?

"우리 클라이언트께서는 그저 정당한 요구를 했을 뿐입니다만."

-지금 공정위에서 저축은행 지배구조 가지고 말이 많은데, 왜 하필이면 이 타이밍이냐고요!

문명선은 피식 웃음을 지었다.

'급하긴 진짜 급한 모양인데?'

도대체 투자귀신이 원하는 게 뭔지는 몰라도 타이밍 하나는 정말 기가 막히게 잡은 것 같았다.

"아무튼, 전환요구는 했고, 만약 이사회 소집 때까지 시일이 걸린다면, 채권단 소집해서 전환요구를 관철할 생각입니다. 그럼 이만."

-자, 잠깐! 그렇다고 이렇게 전화를 끊는 법이 어디 있습니까? 사람이 어떻게 그리 일방적으로 결정을 내립니까? 우리 쪽 얘기를 한 번쯤은 들어 봐야죠. 안 그래요?

"그럴 필요가 있다면 그렇게 하겠습니다만."

-원하는 게… 있다면 들어 드리겠습니다. 조건을 제시하면 어떤 것이든 응할 테니 여지를 좀 달라는 말입니다.

"오호? 잠깐만요. 제가 지금 당장 여쭤 보겠습니다."

문병선은 전화기를 든 채로 투자귀신에게 메시지를 보냈다.

지금까지 저축은행 측에서 얘기한 그대로 텍스트를 작성해서 전송했다.

그러자 곧바로 답장이 왔다.

[투자귀신 : 로웰투자신탁과 관련된 모든 채권을 표시가격 20%에 넘기면 봐주겠다고 하세요. 그럼 전환사채를 액면가대로 넘기도록 하죠]

"……봐주겠다니?"

-네?

"로웰투자신탁과 관련된 채권을 표시가격 20%에 넘기라고 하십니다. 그러면 봐주시겠다고……."

-그게 무슨 말도 안 되는 소리입니까?! 멀쩡한 채권을 누가 80%나 할인해서 넘긴다는 건데요?!

"아무튼, 그게 조건이랍니다."

-와, 미친 사람인가?! 그 사람 정신이 어떻게 된 거 아닙니까?!

클라이언트에 대한 모욕은 변호사를 무시하는 것이나 마찬가지다.

문병선은 모욕 언사에 단호하게 대처했다.

"클라이언트를 욕보이시면 법무대리인으로서 법적 조치를 시행할 수도 있습니다. 더불어 공정위 관련 업무와는 무관하게 우리 쪽에서 당신들 지주사 주식을 보통주로 전환함과 동시에 채권단을 소집할 수도 있고요."

-죄, 죄송합니다.

"앞으로는 말 가려서 하세요."

-넵…….

지극히 당연한 권리를 행사하겠다는데 저렇게 날뛰는 것을 보면 투자귀신이 왜 이렇게 나오는지를 대충 알 것도 같았다.

뭔가 아주 구린 구석이 있는 것이었다.

그렇다면 문병선도 아주 시원시원하게 나갈 수 있다.

"아무튼, 우리의 조건은 이렇습니다. 만약 클라이언트께서 양해를 해 주신 점에 대해 불만이 있으시다면 조건은 철회하겠습니다."

-아니요… 그건 아니고요.

"그럼 계약 체결된 겁니까?"

-그…… 아니, 하… 어휴, 아닙니다. 계약하시죠.

문병선은 아주 간단하게 계약을 체결했고, 투자귀신이 원하던 것을 얻어 냈다.

계약이 마무리된 후, 문병선은 생각에 잠겼다.

'…뭐지, 이 미묘한 희열은?'

지금까지의 M&A에서는 맛보지 못했던 뭔가 쾌감 같은 것이 느껴진다.

도대체 그 이유가 뭘까?

잠시 멍해진 그에게 어쏘 변호사 장소영이 계약서를 건네주었다.

"대리인 서명을 넣었습니다. 이제 계약완료입니다! 그나저나 화끈하시던데요? 저는 변호사님이 그렇게 저돌적인 분인 줄은 미처 몰랐습니다."

"저돌적?"

그제야 문병선은 깨달았다.

지금까지 억눌려 있던 날것 그대로의 야생본능이 자극되었다는 것을 말이다.

"그나저나 전환사채를 액면가대로 넘긴다고 한 것 같은데……. 원래는 얼마에 사들였다는 얘기일까?"

제8장
감히 툭툭 쳐?

이른 아침부터 한결은 여유롭게 출근을 준비했다.
"음! 오늘은 어떤 색의 셔츠를 입을까?"
-코발트블루 어때? 너는 파란색도 잘 어울리더라.
"아! 싸부님, 제가 코발트블루가 잘 어울렸습니까? 싸부님!"
-크크, 졸라 신나나 보네?
"신나죠! 빅엿을 선물해 줬는데!"
기분이 날아갈 것만 같았다.
단순히 수천억의 돈을 벌어서가 아니었다.
나쁜 놈들의 뒤통수를 시원하게 갈겼다는 통쾌함에 한결은 온몸에서 전율이 일고 있는 것이었다.
-이야, 그나저나 정확한 수익률이 몇 퍼센트냐?

"233%요!"

―노났네, 노났어!

전환사채를 액면가 그대로 팔아서 2,500억을 받아 냈다. 그리고 로웰투자신탁의 전환사채를 액면가 20%에 사들였다.

이 정도면 단순히 2,500억의 이윤을 올린 것만이 아니었다.

어쩌면 수천억의 이득, 그 이상의 돈이 굴러들어 올 수도 있는 일이었다.

―너도 진짜 악독하긴 악독하다! 어떻게 그 많은 돈을 삥 뜯을 생각을 할 수 있어?

"어차피 작전주로 사기 쳐서 번 돈인데, 어떻게 뜯으면, 뭐 어때요?"

―하긴 그건 그렇지!

정말 오랜만에 큰돈 벌었다는 생각이 들 정도로 좋은 장사였다.

하지만 이제 얻어맞은 쪽도 절대 가만히 있지는 않을 것이었다.

"이제 곧 우리가 출자한 기업들을 두들겨 패려고 하겠죠?"

―그래야 자기들이 잃은 돈을 수복할 수 있을 테니까.

"그나저나 재들은 우리가 누구라고 생각하는 걸까요?

이렇게 속절없이 두들겨 맞다 보면 분명히 생각이 들 텐데. 도대체 우리를 두들겨 패는 새끼는 어떻게 생겨 먹었을까?"

-투자귀신. 주식시장의 네임드쯤으로 생각하겠지. IX홀딩스와 연계한 사업으로 큰돈을 벌어들였으니 자기들을 두들겨 패는 건 당연하다고 느끼지 않았을까?

"하긴."

-하지만 뭐, 저 새끼들이 우리를 어떻게 생각하느냐가 중요하겠냐? 우리가 저 새끼들을 어떻게 취급하느냐가 중요한 거지.

"큭큭! 그건 그래요. 쓰레기들의 생각이 뭐 그리 중요하겠어요?"

-가자! 회사의 사정도 많은 게 변해 있을 거다.

"넵!"

한결은 힘차게 출근길에 나섰다.

지하철을 타는 그 순간부터 IX홀딩스의 신한결 부장으로 변신했다.

우선은 지하철 안에서 어제 올라온 보고서를 다시 한번 정독했다.

[보크사이트 수입량 : 35%▲]
[…알루미나 정련 및 합금에 인센티브가 문제 될 것으로

풀이되고 있으나, 금번 부품 컨소시엄 재정비사업에 포함된 '나성화학'에서 이에 대한 문제를 해결할 수 있는 기술 특허를 얼마 전에 개발했다는 소식이 있어…]

'확실히 우리가 과감하게 AIB를 통해 출자를 단행한 건 잘한 일이었네요!'
-출자비중이 어떻게 된다고 했지?
'우리 지분이 평균 13.7% 들어가서 2대 주주로 등록되어 있어요.'
-이제부터는 주변에서 알박기 들어오는 것만 잘 막아내면 되는 거야. 작전주 세력이 들어오기 전에 쳐내는 게 중요하거든.
'그런데 이렇게 많은 회사들을 일거에 다 방어하는 게 가능할까요?'
-뭐, 그거야 하기 나름인 거지. 어차피 부족한 부분은 내가 알아서 고쳐 줄 테니까 지금부터는 네가 판을 잘 짜 봐.
'…지금까지 배운 것만 잘 써먹는다면, 뭐!'
한결에게는 매 순간이 시험이었다.
지금 어떻게 행동하느냐에 따라서 1년 뒤의 모습이 완전히 달라질 것이다.
잠시 후, 지하철은 역삼역에 도착했다.

심기일전하며 IX홀딩스 투자관리부로 출근한다.

"부장님 오셨습니까!"

"다들 좋은 아침!"

회사에 출근하면 한결에게는 엄청난 양의 보고서가 올라온다.

오늘도 역시 마찬가지였다.

"호주에서 보크사이트 수입 여부를 묻는 제안서가 도착했다고 하는데, 올릴까요?"

"양은 얼마나 된다고 합니까?"

"인도네시아와 거래하는 양의 70% 정도입니다."

"꽤 많이 들여보낸다는 거네요?"

"아무래도 요즘 미국발 몰리브덴 금수조치가 큰 영향을 미친 것으로 보입니다. 알루미늄 가격이 계속 하락할 것이라는 전망을 내놓고 있는 것 같습니다."

알루미늄 수요에 대해 각 국가에서 내놓은 전망은 제각각이었다.

얼마 전, 알루미늄 가격상승이 있었던 시기에 한택글로벌이 한국으로 대량의 보크사이트를 유입한 것에 대해 남아시아는 긍정적이었으나 북미와 영연방 국가 일부는 상당히 비관적이었다.

이 비관적인 국가 중에는 호주도 끼어 있었다.

"구매의사 있다고 전하세요."

"괜찮을까요? 이렇게까지 원자재를 축적해 놓는다고 해도 생산량이 늘지 않으면 말짱 도루묵인데요."

"도루묵, 안 됩니다."

한결은 제대로 된 한 방을 준비하고 있었다.

알루미늄의 가격 또한 그 한 방에 어울릴 만큼 크게 오를 것이라, 한결은 굳게 믿고 있었다.

정신없이 보고서를 받고 결제를 해 주고 있는데 이명선이 달려왔다.

"부장님! 지난번 AS컴퍼니에서 신부품 컨소시엄 영입 대상자였던 기업 두 개의 주가가 빠르게 상승하고 있습니다!"

"상승한다니요? 얼마나 말입니까?"

"방금 상한가 찍었습니다."

"…상한가?!"

단 몇 시간 만에 30%의 상한가를 찍는다는 것은 명백한 거품이다.

이제 막 대현차 부품 생산라인을 갖춰 가기 시작했는데 갑자기 거품국면에 접어들었다는 것은 말이 안 되는 소리였다.

'아예 대놓고 작전을 치는군. 공정위가 치고 들어오건 말건 그냥 똥배짱 부리겠다는 뜻이잖아요?'

─대범하군. 어쩌면 투자자들이 주가조작 혐의를 받고 검

찰조사를 받도록 일부러 유도하는 것 같다는 생각이 들 정도로 말이야.

'아?!'

차상식은 툭 던지듯 감상을 내뱉었지만, 이것은 실로 심각한 일이 아닐 수 없다.

고공행진하는 주식의 거품이 꺼지는 순간이야말로 기업이 망하기 딱 좋은 때인 것이다.

한결은 재빨리 AS컴퍼니의 주가부터 확인했다.

[나성화학 : 29%▲]
[에이스정밀 : 30%▲ - 상한선 도달]

"…나성화학?!"

"지금 나성화학이 가장 큰 문제이고, 두 번째는 에이스정밀입니다. 냉각시스템을 담당해 줄 신기술 보유회사로 생각해서 생산라인을 손보고 있는 와중인데, 만약 여기서 에이스정밀이 이탈한다면 컨소시엄을 처음부터 다시 조직해야 할 수도 있습니다."

한결은 생각한다.

아무래도 투자귀신이 IX홀딩스의 부품 컨소시엄과 함께 발맞춰 나아가고 있다는 것을 놈들에게 알려 준 것이 잘못이었다고 말이다.

'타격이 좀 크겠는데요?'

-낙폭이 얼마나 크냐에 따라서 다르겠지.

'지금 우리가 보유주식을 팔아도 문제인 것이, 아무래도 경영권 방어가…….'

-그것도 문제이지만, 막상 주식을 매각한다고 했을 때에 생기는 매각손도 문제가 되겠지. 이러다가 주식을 한꺼번에 풀어 버리면, 결국 그걸 주워 담아야 하는 것은 우리 아니냐.

'2,500억을 처먹었으니 토해 내라, 뭐 이건가요?'

-딱 봐도 그림이 그래 보이지 않냐?

'흐음…….'

고민이 된다.

과연 이럴 땐 어떻게 하는 것이 최선책일까?

일단 상장폐지까지 간다고 가정했을 때, 회사를 살릴 수 있는 가장 좋은 방법이 무엇인지 생각해 보았다.

'더 늦기 전에 기업을 우리가 인수해야겠어요.'

-지금 이 타이밍에?

'당장은 아니고요, 주식이 떨어지기 시작하는 타이밍에 우리가 물량을 받아 내면서 지분순위를 자연스럽게 올려서 대주주가 되는 거죠. 그렇게 하면 모회사 신용도 때문에라도 상장폐지가 되었을 때 어느 정도 외형유지가 가능하지 않을까요?'

-음………… 나쁘지 않아! 그런 다음에는?

'우리의 대천사에게 도움을 좀 받아 보자고요.'

차상식은 한결의 청사진에 전체적으로는 동의했다.

다만, 한 가지 놓친 점에 대해 지적했다.

-계속 방어만 할 수는 없어. 그다음에는?

'우리도 치고 나가야죠.'

한결에게는 비장의 카드가 있었다.

바로 액면가 20%로 사들인 채권.

'로웰을 먹는 겁니다!'

-…진검승부가 펼쳐지겠군!

'아무튼, 그 전까지는 출혈이 있더라도 감수하면서 잘 방어해야겠죠.'

한결은 강하게 주먹을 말아 쥐었다.

진짜 싸움은 지금부터 시작이다.

§ § §

30% 상한가는 무려 삼일이나 계속되었다.

중간에 AS컴퍼니가 보유주식을 풀어 연착륙을 위해 노력했으나 헛수고였다.

그 이후, 나성화학과 에이스정밀은 거듭되는 악재 속에 주가가 하락하는 중이었다.

[…나성화학, 개미들 흔들기? 연이은 주가폭락]
[동남아시아 에어컨부품 판매율 1위로 올라섰던 에이스정밀, 나락으로 떨어져 코스닥 불안 가중…]

"속절없이 떨어지고 있네요."
-아무래도 공정위가 저렇게 계속 설치고 다니는 한, 당분간 주가하락은 피할 수 없을 거야.
"젠장……."
아무리 예정된 수순이었다곤 해도 가슴이 쓰린 건 어쩔 수가 없었다.
한결은 본격적으로 주가방어에 나섰다.
엔젤협회 마영준 간사에게 메시지를 보내 본격적으로 움직였다.

[나 : 쏟아져 나오는 주식, 매입하겠습니다]
[엔젤협회 마영준 간사 : 총액 600억 이상입니다. 앞으로 족히 두 배 이상은 더 들어갈 겁니다. 괜찮으시겠습니까?]
[나 : 그래 봤자 죽기밖에 더하겠습니까?]
[엔젤협회 마영준 간사 : 알겠습니다. 진행하겠습니다]

현재 나성화학과 에이스정밀은 엔젤협회에서 관리 중이

다. 잘못하면 그대로 나락으로 떨어질 걸 알고 있겠지만, 그들은 투자귀신의 결정에 전적으로 따라 주고 있었다.

이제부터 중요한 것은 속도전이다.

[엔젤협회 마영준 간사 : 매입 시작합니다. 5%부터 차근차근 매입하겠습니다]
[나 : 예치금 미리 보냅니다]

한결은 당장 600억을 협회로 송금했다.
그러자 시장에 흩어져 있던 주식들이 하나둘 모여들기 시작한다.

[매수주문 체결]
[총매입금 : 30억]

천천히 주식이 매입되기 시작했다. 그러자 개미들은 투자귀신이 움직인다는 생각에 내놓았던 주식을 거둬들였다.
"하락세가 멈추는데요?"
―아직까지는 투자귀신이 무슨 삽질을 해도 믿어주는 사람들이 있으니까.
"오케이, 그럼 계속 가 봅시다!"

[매수주문 체결]
[총매입금 : 30억]

계속해서 매수주문을 넣었다. 주가는 미미하게 상승했고, 시장의 반응은 아직까진 회의적이었다.
커뮤니티에서도 투자귀신의 이번 주가방어전에 대한 평가가 갈리는 모양이었다.

-이번에야말로 노선변경의 시기인 건가!
-투자귀신을 따르는 자, 원금을 보전하리니!
-그런데 투자귀신이 언제 개미들한테 투자하라는 거 봤어? 지금이 손절 타이밍 아닌가?

그야말로 시야가 혼탁하다는 말이 나올 정도로 위 두 종목의 주가는 난잡하기 이를 데 없었다.
하지만 한결은 굴하지 않는다.
계속해서 꾸준한 기세로 주가를 밀어 올리기 시작했고, 속절없이 떨어져 내리던 가격은 어느새 보합세로 돌아섰다.
"8% 정도 올랐네요. 휴! 다행이다!"
-바닥을 찍었다가 이 정도 올랐으니까 우리는 어찌 되었건 간에 매각손을 볼 거야. 어쩔 수 없어.

"그럼 차라리 이대로 대주주 지분을 유지하고 있으면 되잖아요?"

-지금으로선 그게 가장 좋은 방법이겠지.

현재 한결의 지분율은 20%가 약간 넘는 수준이었다. 최대주주인 경영진이 가지고 있는 지분을 넘어서는 것은 이제 시간문제였다.

하지만 최대주주가 된다고 해도 여전히 문제는 남아 있었다.

바로 경쟁력.

"그럼 일단 대천사를 이 판으로 끌어들여서 대현차를 좀 안심시켜 볼까요?"

-음! 대천사가 뜨면 얘기가 달라지긴 하겠지.

"그렇다면 마영준을 먼저 움직여 볼까요?"

한결은 마영준 간사에게 알루미늄에 대한 호재를 전해 주었다.

§ § §

동해에셋 대표이사 집무실로 한 통의 보고서가 올라왔다.

"대현자동차부품 컨소시엄에서 이탈할 뻔했던 회사들을 우리가 끌어안자?"

"투자귀신의 제안입니다."

"부품 컨소시엄이라니. 그건 사실 이미 나가리된 거라고 소문이 많던데?"

대현자동차는 부품수급의 효율성 극대화를 위해 컨소시엄에서 필요 없는 회사들을 족족 쳐내고 있었기 때문에 이미 대현에게서 버림받은 회사들을 소생시키는 것은 거의 불가능한 일이었다.

주항진은 투자귀신의 행보에 관심이 많았지만, 이번만큼은 그다지 효율성이 있다고 느껴지진 않았다.

"…여러모로 말이 안 돼. 이건 기각을 해야 할 문제인 것 같은데?"

보고서를 올린 간사 마영준은 고개를 가로저었다.

"아무리 대현자동차 산하에 있었다고 해도 우리가 할 수 있는 일에는 한계가 있습니다. 하지만 죽어가는 회사를 살리는 건 투자회사 혼자서 할 수 있는 일이 아닙니다. 언제 어디서나 파트너가 필요한 법이죠."

"흠……."

"…라고 투자귀신이 말했었습니다."

주항진은 지나간 기억을 떠올려 보았다.

방금 전, 마영준이 한 얘기는 과거에 투자귀신이 자주 하던 말이었다.

다만, 지금은 시황이 너무 안 좋았다.

"나도 투자귀신의 행보 자체는 너무나도 흥미가 넘쳐.

하지만 안 되는 건 안 되는 거 아니야?"

"대표님께서 그리 생각하신다면 투자귀신에 대한 안건은 기각하는 것으로 하겠습니다."

"…아쉽긴 한데, 어쩔 수 없군."

"정 아쉽다면 투자귀신이 보낸 보고서를 한 통 더 읽어 보시겠습니까?"

"보고서?"

보고서에는 알루미늄 동향과 현재 미국의 산업 기조, 그리고 브릭스 관련 산업의 동향이 일목요연하게 나와 있었다.

투자귀신은 말했다.

알루미늄의 수요를 두고 북미와 남아시아는 팽팽한 줄다리기를 이어 가고 있지만, 결국 남아시아가 승리할 수밖에는 없는 싸움이라고 말이다.

"건설과 자동차의 호황이라……."

"너무나도 당연한 얘기입니다만, 현재 미국의 수입 기조로 인해 천천히 잊혀 가고 있었습니다. 하지만 최근의 산업 동향을 보면 알루미늄의 가격은 크게 오를 수밖에 없습니다."

자동차와 건설을 견인하는 알루미늄의 가격이 상승하게 된다면 충분히 투자가치가 있다.

그것은 다시 말해 자동차, 건설의 부흥이 곧 머지않았다는 뜻이기 때문이다.

"보통은 이런 호재가 있다고 하더라도 관망을 하지 투자를 하지는 않을 겁니다. 하지만 우리에게는 보증수표가 있지요."

"…투자귀신 말이야?"

"만약 투자귀신의 예상이 적중한다면, 우리는 투자금의 100% 이상은 뽑아낼 수 있을 겁니다."

주항진은 마영준 간사가 최근 들어 이렇게 열변을 토해 내는 것을 본 적이 없었다.

누가 봐도 마영준이 투자귀신에게 푹 빠져 있다는 것을 알 수 있었다.

"자네도 이젠 투자귀신에게 매료되었나 보군."

"매료… 라기보다는 막연한 기대감이랄까요?"

"그걸 두고 매료라고 하는 거야."

"음!"

"뭐, 좋아. 자네가 이렇게까지 원한다면, 내가 속는 셈 치더라도 투자해 보도록 하지."

주항진은 투자를 결정했다는 메시지를 투자귀신에게 보냈다.

[나 : 마 간사에게 얘기 들었습니다. 투자, 결정했습니다]
[투자귀신 : 잘 생각하셨습니다. 이렇게 어려운 시기에 컨소시엄에 투자한 보상은 충분히 이뤄질 겁니다]
[나 : 그럼 지금 당장 출자구조부터 구성하겠습니다. GP

께서도 출자하십니까?]

[투자귀신 : 당연하죠. 600억 정도 쓸 생각 있습니다]

"600억이라……. 이미 주가방어하는 데 큰돈 썼다던데, 화끈하군! 그렇다면 나도!"

주항진은 투자귀신의 통 큰 투자에 따라 곧바로 출자금액을 결정했다.

[나 : 제가 600억, 나머지 LP들에게서 모금해 2,000억을 맞춰 보겠습니다]

[투자귀신 : 아마 2/4분기부터는 투자자들이 대거 몰릴지도 모릅니다. 그러니 그에 맞춰서 순차적으로 투자금을 불입하셔도 될 겁니다]

[첨부파일 : 몰리브덴 동향 예상]

주항진은 투자귀신이 첨부한 몰리브덴 동향에 대한 보고서를 받았다.

그 순간, 저도 모르게 눈이 휘둥그레지고 말았다.

"어?!"

"왜 그러십니까?"

"이것 좀 봐!"

마영준은 주항진이 건넨 보고서를 읽어 내려가기 시작했다.

미국 시장의 몰리브덴 금수조치, 인도 시장에서의 경쟁 격화, 그리고 방글라데시와 미얀마 등 아시아 개도국들의 약진이 점쳐지는 상황이었다.

한데 여기서 몰리브덴의 수요가 역전되어 미국의 내수시장이 호황으로 돌아선다면?

"…자네도 알고 있었어?"

"이론만으로 그렇다는 생각을 했지, 이렇게 과감한 행동을 감행할 거라는 생각은 못 해 봤습니다."

"하하! 이 사람 참, 재미있는 사람이네!"

만약 투자귀신의 말이 전부 다 맞는다면, 최소 두 배 이상의 이득을 볼 수도 있을 것이었다.

지금 판이 그렇게 돌아가고 있기 때문이다.

"이 일정에 맞춰서 움직이되 투자귀신에게 최대한 유리한 포지션을 계속 만들어 줘. 조용히, 신속하게 말이야!"

"그럼 협회의 자금만으로는 한계가 있을 겁니다만."

"동해에셋을 움직이지, 뭐!"

주항진은 드디어 두 팔을 걷어붙이기로 한 것이다.

§ § §

한결은 야근에 야근을 거듭했다.

서류와 씨름을 한 것이 벌써 이틀째다.

똑똑.

"부장님, 식사하세요."

"아, 이 과장!"

"저번에 초밥집에서 만든 도다리밥을 잘 드시는 것 같아서 포장해 왔어요."

이틀간 야근을 한 것은 이명선 과장 역시 마찬가지였다. 그럼에도 한결같이 한결을 챙겨 주고 있었다.

"이렇게까지 하면 이 과장이 너무 힘들잖아요! 보스가 되어서 어찌……."

"이것도 제 기쁨입니다. 뭐랄까, 원동력이랄까요?"

"나를 챙기는 것이?"

"부장님은 우리 부의 기둥이십니다. 저는 보스를 모시는 것이 우리 부의 미래를 책임지는 일이라고 생각합니다."

-음… 그래, 이건 남녀관계에서는 나올 수 없는 말이지. 나도 인정!

한결이 이명선을 위기에서 구해 준 적이 있었다고는 하나 단순히 그 이유만으로 한결을 따르는 것이 아니었다. 한결의 능력, 부하를 생각하는 인품 때문에 따르는 것이었다.

"…정말 고마워요!"

"저는 보스께서 가시는 곳이라면 어디든 함께합니다. 그러니 고맙다 하실 것 없어요."

상황이 아주 피곤했지만, 한결은 이명선이 있어서 크게

힘들다는 생각은 들지 않았다.

"우리, 이놈의 대현차 건만 끝나면 진탕 마셔 봅시다! 내가 살게요."

"기대하고 있겠습니다."

이어지는 야근에 지쳤지만, 한결은 이명선과 함께 부장 휴게실로 들어가 늦은 저녁을 먹었다.

비록 공간은 좁아도 냉장고에 식탁, 편안한 안락의자까지 구비되어 있어서 편히 쉬기엔 안성맞춤이었다.

-침대에 좁은 방……. 음, 이건 아무리 나라도 이상한 상상을 하지 않을 수가…….

'…방금 전까지는 인정을 안 할 수 없다면서요.'

-의리는 의리고, 정분은 정분…….

'에헤이!'

-큭큭, 알았다, 인마!

한결은 냉장고에서 무알코올 맥주를 꺼내어 이명선에게 내밀었다.

따악!

"소리는 얼추 비슷하죠? 칼로리도 낮아서 제법 괜찮을 겁니다."

"헬스 좋아하신다더니 평소에 이렇게 드세요?"

"특별한 날 아니면 술은 주에 한 번 마실까 말까 합니다."

요즘 차상식이 밤새 드라마를 보느라 시간을 보내는 통에 한결도 덩달아 건강을 보전할 수 있는 금주의 시간을 갖고 있었다.

그때마다 가끔 마시는 것이 바로 이 무알코올 맥주였다.

두 사람이 마주 앉아 두런두런 얘기를 나누며 저녁을 먹고 있을 때였다.

지이이잉!

스마트폰이 울렸다.

문자메시지였다.

"어?"

"부장님, 식사 먼저 하시죠."

"급한 건인지도 모르잖아요?"

"건강이 먼저 아닙니까?"

"이 시간에 문자라면……. 알겠습니다! 밥부터 먹을게요."

피곤한 몸을 이끌고 음식을 포장해 왔을 이명선을 생각해서라도 한결은 스마트폰을 들여다보고 싶은 유혹을 참아냈다.

-너 생각보다 길들이기 쉬운 남자구나?

'어째 말투가 양 대가리 같은데?'

-그랬나? 너어는! 남자가 그렇게 쉬워서 어디에 쓰겠니?!

'어윽! 쏠릴 것 같아!'

-크크크!

누군가를 진심으로 생각해 준다는 것, 그것이야말로 참된 의리가 아닐까.

차상식은 요즘 이명선이 달리 보였다.

-나중에 크루를 구성한다면 이명선을 최우선으로 영입해 봐. 나쁘지 않을 것 같아.

'그때 그녀가 수락한다면요!'

도다리밥과 도다리쑥국으로 한 상 거하게 해치운 한결은 이명선에게 꾸벅 고개를 숙였다.

"아이고, 잘 먹었습니다!"

"잘 드시니 보기 좋네요."

한결은 그녀와 함께 배달 용기를 세척하고 먹은 자리를 깔끔하게 정돈했다. 그리곤 각자 잠시 휴식시간을 가졌다.

그 틈에도 한결은 스마트폰을 확인해 보았다.

[엔젤협회 마영준 간사 : 동해에셋에서 지원의사를 밝혔습니다]

'오!'

-동해에셋이라! 대형 자산운용사에서 참전한다면 전쟁의 양상마저도 바뀔 텐데?

'이렇게 갑작스러운 낭보라니!'

좋은 소식이었다. 다른 회사도 아니고 동해에셋이 참전하다니 말이다.

하나 모든 소식이 다 좋은 것은 아니었다.

"부장님! 큰일입니다!"

"…강성화 차장?"

5층 전산실에서 해외지사 자료를 취합하고 있던 강성화 차장이 숨을 헐떡이며 한결을 찾아왔다.

그는 한결에게 다급한 소식을 전했다.

"나성화학에 대한 자금회수 압박이 시작되었답니다!"

"…자금회수라니!"

"지금 나성화학 쪽이랑 해외공장 건설 건으로 얘기 중이었는데, 다 저녁에 무슨 일주일짜리 채권회수 통보가 떨어졌다고 합니다!"

"아니, 그게 말이 되나?!"

"로웰투자신탁 쪽에서 대량 회사채를 가지고 있다는데, 어떻게 된 일인지 모르겠습니다!"

"…로웰?!"

이번에도 로웰의 간계가 꾸며진 모양이었다.

"설사 통보조치로는 회수가 안 되더라도 해외진출은 불가능해집니다. 한은의 제한조치에 걸려서요!"

"아! 한국은행!"

지금까지 잠시 잊고 있었는데 한은은 언제나 해외출자를 제한하겠다는 표면적인 행동을 감행하고 있었다.

만약 지금 이런 상황에 채권회수 압박을 받는 회사가 해외출자라도 하겠다고 한다면, 한은은 허파가 뒤집혀서 달려들 것이 뻔했다.

"제기랄!"

"어쩌면 좋습니까?! 나성화학이 리타이어 되면……."

한결은 고개를 가로저었다.

"아니요, 절대 그럴 일 없습니다!"

한결은 드디어 품속에 잘 간직해 두었던 칼을 꺼낼 때가 되었다고 생각했다.

그러기 위해선 일단 IX홀딩스를 진정시키는 것이 중요했다.

"나성화학의 자금회수는 불가능할 겁니다."

"예? 어째서……."

"AS컴퍼니에서 로웰투자신탁을 인수할 거거든요!"

"아?!"

"그러니 절대 경거망동하지 말고 각자의 자리를 잘 지키고 있어요. 알겠죠?"

"알겠습니다!"

한결은 당장 작전을 실행에 옮겼다.

우선은 로웰투자신탁의 채권을 정리하고 그와 연관된 상

호출자자금을 회수하는 것이 먼저였다.

'상호출자부터 천천히 정리하면서 채권을 거둬들이면 우리가 로웰의 최대주주가 되는 건 시간문제겠죠?'

-당연하지!

'그럼 일단 나성화학부터 구해 놓고 시작해 보자고요!'

제9장
구원 투수

나성화학은 서서히 침몰을 향해 가고 있었다.

로웰투자신탁의 전방위적인 압박에서 벗어날 기미가 보이지 않았기 때문이다.

"…기한이 언제까지라고?"

"상환기한이 다음 주까지입니다. 이대로라면 우리는 꼼짝없이 부도입니다!"

나성화학의 주가는 이제 바닥을 찍다 못해 코스닥에서 퇴출당할 위기에 놓여 있었다.

사장 나성호는 허탈한 표정으로 천장을 바라보고 있을 뿐이었다.

똑똑.

바로 그때쯤, 사장 집무실에 인기척이 들렸다.

"들어와."

"사장님, 로웰투자신탁에서 사람이 찾아왔습니다."

"…뭐?!"

로웰투자신탁은 시장에 있는 나성화학의 회사채를 있는 대로 박박 긁어낸 다음, 은행이 보유하고 있던 채권마저도 웃돈을 얹어서 죄다 사 버렸다.

이제 로웰투자신탁이 마음만 먹는다면 나성화학의 구조조정은 물론이고 대표이사까지 경질할 수 있게 될 것이었다.

"사악한 새끼들! 뻔뻔하게 여기가 어디라고 찾아와?!"

"사장님, 제가 지금 나가서 아주 작살을 내고 오겠습니다!"

"…아니야, 지금 우리가 그렇게 할 처지가 아니잖나. 할 수 있다면 무릎이라도 꿇고 싶은 심정인걸."

"사장님!"

다른 사람은 몰라도 나성호는 임직원들을 위해 얼마든지 굴욕을 감수할 준비가 되어 있었다.

나성호는 다른 임원들은 내보내고 혼자서 로웰을 맞이하기로 했다.

문이 열리고 로웰투자신탁의 고문변호사와 회계사가 걸어 들어왔다.

그리고 그 뒤를 이어 노랗게 머리를 염색한 젊은 청년이 아주 거들먹거리는 걸음으로 등장했다.

"뭔 놈의 회사가 이렇게 촌구석에 있어? 요즘에도 을지로로 출퇴근하는 사람들이 있었어?"

"…로웰에서 오셨다고요?"

"아! 아저씨가 사장? 반가워. 로웰투자신탁의 존나 멋쟁이 재무이사 최태민이라고 해!"

머리에 피도 안 마른 놈이 반말을 찍찍 내뱉는 것이 기분 나쁘지만 참아야 했다.

약간의 굴욕보다야 회사를 살리는 것이 우선이었으니까.

"로웰에서 상환시한을 다음 주까지 주셨다고요."

"와! 우리 회장님 존나 카리스마 있지. 그치?! 나 같으면 일주일이 아니라 당장 오늘이라도 자금회수를 단행했을 텐데 말이야!"

"…정말 죄송한 말씀입니다만, 다음 달까지 연장을 해주시면 안 되겠습니까? 저희들이 어떻게 해서든 돈을 마련해 오겠습니다!"

"에이, 그건 안 되지! 이 아저씨야, 대가리에 뭐가 들었길래 그딴 생각을 쳐 하고 있어?! 우리가 무슨 자선사업가인 줄 알아? 내가 이놈의 채권을 은행들 똥구멍에서 긁어내느라고 얼마나 똥고생을 했는데? 엉?!"

"한 달만 기한을 주신다면 반드시 상환을……."

최태민은 변호사와 회계사를 번갈아 쳐다보더니 슬그머

니 자리에서 일어섰다.

그리곤 배시시 웃으며 다리를 쫙 벌렸다.

"자! 그럼 여기를 기어서 지나가 봐!"

"예?"

"개새끼처럼 왈왈 짖으면서 가랑이를 기어서 지나가면 내가 연장해 줄지도 모르지! 으헤헤헤!"

"그, 그건……."

"왜? 싫어? 그럼 뭐 별수 없지. 이 회사에 있는 직원이란 직원들은 퇴직금도 없이 다 잘라 버리고 공장은 불태워 버리지, 뭐! 재미있겠다, 그치?!"

나성호는 저 광기 어린 눈빛에서 더 이상은 가망이 없겠다는 사실을 이미 깨닫고 있었다.

하지만 지금으로선 다른 방법이 없었다.

쿠웅!

나성호는 그 자리에서 무릎을 꿇었다.

"…하겠습니다."

"왈왈 짖으라고! 개새끼처럼! 왈왈, 왈왈!"

"와……."

바로 그때였다.

문이 벌컥 열리더니 단정한 차림의 남자들이 걸어 들어왔다.

"…니들은 또 뭐냐?"

"AS컴퍼니에서 나왔습니다. 저는 AS컴퍼니의 고문변호사 문병선이라고 합니다."

문병선은 명함을 꺼내 테이블 위에 올려놓았다.

최태민은 피식 웃었다.

"어이, 김 변! 홍익에서 나왔다는데? 알아?"

"…홍익이든 홍시든 간에 그게 무슨 상관입니까? 밟아버리면 그만인 것을."

"큭큭! 봤어? 너희들, 좆밥이래!"

문병선은 최태민이 뭐라고 지껄이든 상관하지 않고 자기 할 일을 척척 해냈다.

"나성호 대표님은 일어나시고요."

"……네?"

"이 회사 최대주주께서 내리는 명령입니다. 일어나세요."

순간, 최태민이 손을 번쩍 들며 외쳤다.

"아니, 잠깐! 씨발, 이건 뭔가 잘못된 것 같은데? 문병선인지 문병신인지 몰라도, 누가 최대주주라는 건데? 어?!"

"아직 소식 못 들으셨나 보네요. 로웰투자신탁, AS컴퍼니에서 인수했습니다."

"……뭐?!"

최태민은 재빨리 스마트폰을 꺼내 어딘가로 전화를 걸었다.

하지만 상대방은 받지 않는다.

"김 변! 씨발, 이게 어떻게 된 거야?!"

"지금 알아보니까…… 회사가 넘어간 것 같은데? 대표이사는 잠적했고, 이사진들은 전부 빤스런했다네."

"…이런 개 같은 경우가 다 있어?!"

"당신들 지분 51.9%를 AS컴퍼니 대표께서 인수하셨고, 그 덕에 나선화학은 우리 AS컴퍼니 자회사로 합병될 예정입니다."

"이런 씨……."

문병선은 사장 집무실의 문을 활짝 열어 주며 말했다.

"그러니까 그 더러운 면상 얼른 치우시죠. 좆밥한테 얻어터지기 싫으면."

"…너희들, 씨발 어디 두고 보자. 투자귀신? 우리들이 제대로 밟아 주겠어!"

최태민은 이윽고 사라졌고, 나성호는 다리가 풀려서 그 자리에 주저앉고 말았다.

"아……."

"사장님!"

"…하늘이 도우셨구나!"

문병선은 고개를 가로저었다.

"아니요, 투자의 귀신께서 도와주신 겁니다."

§ § §

IX인터 산하의 마산 물류창고를 찾은 한결은 곽도철 과장과 함께 창고를 돌아다니면서 직접 눈으로 적재된 원자재들을 확인했다.

"어때요? 전문가가 보기에도 이 정도면 괜찮은 것 같아요?"

한결의 질문에 곽도철은 고개를 끄덕였다.

"나쁘지 않습니다. 효율성도 괜찮고 물류 소화력도 좋습니다. 이 정도면 호주에서 건너오는 물건들을 충분히 받아 보관할 수 있을 것 같다는 생각이 듭니다."

"오케이! 프로젝트 시작하자고요."

한결이 추진 중인 프로젝트는 가격이 절하된 호주산 원자재들을 받을 수 있는 한계지점까지 최대한 받아서 적재했다가 매입차익을 남기는 것이다.

곽도철은 한결의 프로젝트가 약간은 이해가 안 된다는 투로 물었다.

"그런데 부장님, 왜 굳이 현물로 이렇게 적재를 해 놓는 겁니까? 선물시장에서 매입을 할 수도 있잖습니까."

"IX-한택동맹이 원자재를 사들이기 시작한다, 그것이 선물시장을 자극한다? 바로 입소문을 탈 겁니다."

-음, 나쁘지 않아!

"지금 중요한 건 시장이 잠잠한 채로 얼마나 오래 지속이 되느냐, 그리고 그 시간 동안 우리가 얼마나 큰 판을 짜놓을 수 있느냐가 아니겠어요?"

이제 곧 광물가격이 오를 것은 불을 보듯 뻔한 일이었다. 그나마 호주가 이만큼 버텨 주고 있어서 가격 변동폭이 적었을 뿐이다. 만약 여기서 누군가 뇌관을 건드리는 날에는 대폭발이 일어나고 말 것이었다.

"호주의 수출 기조에 대해서 상무부는 어떤 입장인가요?"

"큰 반응은 보이지 않고 있습니다. 어차피 호주가 보크사이트 매출 1위의 국가인 데다 워낙 원자재 시장에서의 힘이 독보적이다 보니 크게 신경을 쓰지 않고 있는 거죠."

"다행이네요. 이제 매입단가가 천억대를 넘어서고 있는데도 여전히 요지부동이라니."

만약 상무부가 조금이라도 생각을 바꿔 먹는 날에는 이익금 수천억이 증발할 수도 있다. 뿐만 아니라 지금의 판이 확 뒤집혀 역풍을 맞을 수도 있다.

"아무튼, 이제부터는 마산에서 대전, 대전에서 당진까지 다이렉트로 길을 뚫어서 원활한 원자재 보급력을 보여 줘야 합니다. 한택글로벌과 얘기는 잘 진행되고 있는 거죠?"

"네, 물론입니다. 워낙 아시아 물류시장에 투자를 많이 해 놔서 사실 우리가 손쓸 필요도 없는 것 같고요."

한결이 이만큼 자신감을 갖고 움직일 수 있는 것도 모두 한택글로벌 덕분이었다. IX인터의 물류기지로 모자라면 한택의 넓은 항만창고를 사용할 수도 있지 않은가.

물류창고 담당자들과 만나 오후 동안 물류 스케줄을 조율한 한결은 곽도철과는 헤어지기로 했다.

"저는 이쪽에서 물류 스케줄 좀 더 조율하고 가겠습니다."

"그래요. 그럼 나중에 서울에서 보자고요."

곽도철은 다시 물류창고로 돌아갔고, 한결은 KTX에 몸을 실었다.

서울로 올라가기 위해서였다.

'…어휴, 피곤하네.'

-쉬어 가면서 해! 그러다가 나중에 진짜 힘써야 할 때 못 쓸 수도 있는 거야!

피곤해서 잠시 눈을 감았다가 귀신의 잔소리에 슬그머니 미소를 지었다.

미묘한 공격 타이밍을 잡아냈기 때문이다.

'혹시 그거 경험담이에요?'

-…뭐, 인마?

'큭큭! 표정이 딱 그래 보이는데?'

-내가 너냐?! 인마, 내가 어! 밤에 어! 얼마나 잘나갔는데!

'에이, 아무렴 내가 아저씨보다 밤에는 더 낫죠. 봐요,

안 그렇게 생겼나.'

한결은 육체적으로는 완벽한 인간이다. 신체기관의 모든 곳이 발달했다.

정말 '모든' 곳이 말이다.

-모쏠이 뭘 안다고!

'크크크! 모쏠인데 아저씨보단 밤일은 잘할걸요? 객관적으로 생각해 봐요.'

-…됐어, 이 새끼야. 거시기가 크면 싱겁다고 하더라!

'작은 고추는 그냥 작은 고추예요. 아니에요?'

-이 새끼 은근히 재수 없는 타입이네? 꺼져, 인마!

일전에 차상식은 한결이 샤워하는 장면을 보았다가 기절초풍하는 줄 알았다.

그때 차상식은 깨달았다.

사우나에서 어깨 펴고 걸을 수 있는 수컷들의 왕. 한결은 진정한 알파 메일이라는 것을 말이다.

-…드라마나 틀어 줘.

'네! 그래야죠. 나는 마음이 너어어어~얼븐 사람이니까!'

-하… 진짜 욕 나오네. 너 이 새끼야, 내일부터 운동하지 마, 짜증 나니까!

'크크크!'

한창 귀신을 골려 주고 있는데 스마트폰이 울렸다.

지이이잉!

[홍익 문병선 변호사 : 마무리됐습니다. 이제 안심하셔도 됩니다]

  '됐다!'
  -그나저나 저 새끼들을 밟아 줄 때, 그 면상을 눈으로 직접 못 본 게 아쉽네!
  '언젠가는 우리가 직접 악인들을 마주할 날도 있겠죠!'
  한결은 이번 인수합병을 진행하는 내내 원격으로만 업무를 처리했기 때문에 악당들이 어떤 꼴을 당하는지 지켜볼 수가 없었다.
  로웰의 수뇌부라는 그놈들의 얼굴을 비록 사진으로밖에 보지 못했지만, 그래도 통쾌한 기분은 간접적으로나마 느낄 수 있었다.

  [홍익 문병선 변호사 : 이제 법무를 제외한 인수합병의 나머지 부분은 AIB로 넘기겠습니다]
  [나 : 정말 고생 많으셨습니다]
  [홍익 문병선 변호사 : 또 찾아 주십시오]

  '오케이, 그럼 마무리 짓고 다음 스테이지로 넘어가죠!'
  -뭐, 어떻게 보면 이제부터가 진짜 싸움이라고 볼 수 있겠네. 그치?

로웰은 주가조작 세력의 한 축에 불과하다. 아니, 어쩌면 그 한 축에도 속하지 못할 수도 있다. 과연 이들이 어떤 방식으로 HMN과 엮여 있는지는 아직 알 수 없다.

그렇다는 것은 아직 갈 길이 멀고 한결이 먹어 치울 것도 많이 남아 있다는 뜻이다.

'몰리브덴으로 한 방 크게 먹여 주면 천하의 태선이라도 별수 없겠죠!'

―이번에는 진짜 재미 좀 보겠는데? 그치?

'물론이죠!'

―이번에 일 잘 풀리면 놀러나 한번 가자!

'놀러? 좋죠!'

―이탈리아에서 소주 한잔 어때!

'엥? 뭔 이탈리아까지 가서 소주를 마셔요?'

―뭘 모르네. 원래 소주는 이탈리아에서 마셔야 죽여주는 거야! 몰랐어?

'와, 무슨 콜로세움 앞에서 병나발 부는 소리 하고 있네?'

―어떻게 알았어? 그게 내 버킷리스트였는데!

한결은 차상식이 특이하다는 건 알았지만, 이렇게 정신 세계가 독특한 줄은 몰랐다.

하지만 생각해 보면 그것도 썩 나쁘지 않을 것 같다는 생각은 든다.

'…가 봅시다! 뭐, 그리 어려운 일도 아니고.'

-큭큭! 재미있겠다! 그치?!
인생은 자고로 모험의 연속이다.
어쩌면 한결은 차상식을 만나 그 모험에 한 발자국 다가선 것인지도 몰랐다.

§ § §

이제 여의도에는 벚꽃이 개화하기 시작했고, 개나리와 유채꽃이 아름다운 앙상블을 이루었다.
이른 아침, 운동을 끝내고 나오는 한결의 눈에 화려한 유채색의 풍경과 어우러진 여명이 산산이 부서져 내렸다.
"풍광이 좋기는 하네요."
-내가 여기 아파트를 짓겠다고 한 이유가 있지! 뷰가 죽이지 않냐?
한결은 운동을 끝내고 출근준비를 시작했다.
평소와 달리 한결의 표정이 무척이나 진지하다.
오늘부터 옵션에 투자할 생각이기 때문이었다.
"오늘은 어떤 셔츠를 입을까요?"
-이건 내 개인적인 징크스인데, 투자 첫날에는 갈색이 좋더라고.
"야아아악간! 올드하지만, 뭐."
-⋯뭐, 색햐?!

"크크크!"

한결은 눈으로는 거울을 보고 있지만, 귀로는 뉴스를 청취하고 있었다.

[…상무부의 완성차 제재조치가 절정에 달하면서 이제 곧 한택글로벌의 아시아 물류비용 절감전략도 힘을 다할 것이라는 전망이 나오고 있습니다. 이에 대한 소식, 자세히 들어 보겠습니다…]

"한택 얘기가 슬슬 나오는 걸 보니 드디어 시작되겠군요. 진검승부!"

-크흐! 진검승부! 이게 도대체 얼마만의 진검승부냐!

한결은 원자재 가격상승에 포커스를 맞추고 있고, 태선인터는 오히려 그 반대 입장이었다.

물류비용을 절감한다는 차원에서 총비용만 계산해 보면 한택이 태선에게 한참 밀리는 그림이 그려질 수도 있었다.

하지만 이것은 한결의 마지막 한 수가 빛을 발하는 순간에 뒤집힐 것이다.

만약 그게 아니라면, 한결은 모든 것을 잃고 바닥으로 추락할 수도 있다.

한결은 손바닥에 포마드를 발라 깔끔하게 머리를 정돈한 뒤, 잘 닦인 구두를 신고 출근길에 올랐다.

엘리베이터를 타고 내려가는데 한결은 돌연 이런 생각이 들었다.

'나는 그렇다 치고 아저씨는 꽤나 승부에 열광하는 면이 있네요?'

-내가 그랬나?

'아저씨가 이런 승부의 짜릿함을 즐기던 사람이었어요?'

-나? 절대 아니지!

'엥? 그럼 지금은 왜 그러는 건데요?'

-망하면 네가 망하지, 내가 망하냐?

순간, 한결의 표정은 마치 쓰레기를 마주한 것 같았다.

'와, 어이없네?!'

-크크크! 살았을 때야 당연히 쫄렸지, 인마! 나도 사람인데. 근데 지금은 아니야. 난 귀신이잖아?

'…단순히 죽었다고 안 쫄려요? 망해도 상관없으니까 안 쫄리는 거지!

-크크크크! 어차피 고생은 네가 할 거잖아!

'와, 진짜!'

출근길에 넥타이를 매면서 대로변으로 나온 한결은 아파트단지 바로 앞에 있는 지하철역으로 들어갔다.

전동차에 오를 때쯤, 진동이 울렸다.

지이이잉!

[김유철 : 미국에서 몰리브덴 생산량을 작년 대비 15% 낮춰 잡았다고 공식 발표했대!]

'이제 슬슬 시장에 소식이 퍼져 나가겠군요!'

-김유철이 알았으니 이제 여의도에서부터 서울, 전국을 거쳐 한반도 이남지역에서 이 소식을 모르는 사람이 없겠지. 그럼 뭐, 판은 확실히 깔린 거네!

'그럼 본격적으로 시작해 볼까요?'

한결은 MTS로 매수주문을 넣었다.

[선물옵션]

[몰리브덴 - 풋옵션 매수]

[만기 : 4/30]

몰리브덴 풋옵션을 매수했고, 이제 몰리브덴 가격이 본격적으로 떨어지기 시작하면 옵션 가격은 기하급수적으로 오를 것이다.

[포지션 현재가 : 3,000,000,000원(KR/W)]

[전일 대비 변동 가중치 : 14%]

차트는 어제보다는 몰리브덴 가격이 떨어졌음을 나타내고 있었다.

'시장에서 슬슬 몰리브덴의 수요에 대한 조사를 시작했나 보네요.'

-현물에서 아직은 수요상승을 일으킬 만한 호재가 없었겠지. 벌써 14% 올랐으니 내일이면 거의 30% 이상까지는

간다는 뜻이야.

'아직 시간가치도 많이 남았으니까 일주일 뒤에는 거의 두 배까지 가겠는데요?'

-난 세 배 본다!

'난 그럼 세 배 반!'

-조금 아쉽네. 그치? 딱 열 배만 더 걸었으면 좋았을걸!

'에이, 그럼 그 새끼들이 눈치 깔 수도 있잖아요?'

주식시장에서 비밀은 없다.

주식에 미친놈들이 눈이 돌아가 버리면, 누가 얼마를 쏟아부었는지 금방 알아낼 수 있지 않던가.

'대신 우리에겐 알루미늄이 있잖아요?'

-쩝, 뭐, 그게 어디냐!

몰리브덴만 오르는 것은 아니다.

알루미늄의 가격 역시 엄청난 역주행을 펼칠 것이었다.

[선물옵션]

[몰리브덴 - 콜옵션 매수]

[만기 : 4/30]

[포지션 현재가 : 3,000,000,000원(KR/W)]

[전일 대비 변동 가중치 : -%]

'아직 알루미늄은 잠잠한 것 같죠?'

-이제 막 하락장의 신호가 잡혔을 테니까 쉽게 콜을 치지는 못할 거야.

이제는 옵션이 터지기만을 기다리기만 하면 된다.
물론 엄청나게 바쁘게 움직이면서 말이다.
'오늘부터는 조금 피곤해지겠네요.'
-아! 맞네, 연기를 해 줘야 한다고 했지?
이제부터 투자관리부는 철저히 사지로 걸어 들어가는 사람들처럼 보여야 한다.
관세장벽에 부딪혀 시름시름 앓는 사람처럼 말이다.

§ § §

잠시 후, 한결은 회사에 도착했다.
투자관리부에 들어선 한결이 부원들을 마주했을 때, 그들은 어두운 얼굴로 인사를 건넸다.
"…부장님 오셨습니까?"
"네, 그래요."
한결이 그들을 스치고 지나갈 때쯤, 부원들은 하나같이 미소를 짓고 있었다.
'부장님, 터졌습니다!'
'후후, 나이스!'
모두들 우거지상을 하고 있지만, 이제 곧 미국 시장에 엄청난 호재가 터질 것이라는 생각에 속웃음을 감출 수가 없었다.
다들 웃음을 꾹꾹 눌러 감추느라 죽을 맛이었다.

쾅!

한결이 출근했을 때쯤, 공 상무가 투자관리부를 찾아왔다.

"신한결 부장 어디 있어?!"

"네, 상무님!"

"이봐, 이거 뭐야?! 어?! 몰리브덴 가격이 개판 나가리 나서 지금 상무부에서 관세를 15%까지 올린다잖아! 어떻게 할 거야?! 어?!"

"죄송합니다!"

"이번에 대현차 계약 건 놓치면 그대로 아웃인 줄 알아! 알겠어?!"

"네!"

분명 한결을 마구 갈궈 대고 있지만, 공 상무의 표정은 그 어느 때보다 밝았다.

-크크크! 다들 연기하느라 죽을 맛이겠구나!

'그래도 이게 연기라는 게 어디예요? 안 그래요?'

투자관리부에서 공 상무가 난리를 피웠다는 소식이 곧바로 옆 부서에 빠르게 전달되었다.

아마도 오늘 점심쯤이면 대현차에서도 이 소식을 접하게 될 것이었다.

"부장님, 인도 전자제품 수출에 대한 보고서입니다."

"음, 고마워요."

보고서를 제출하는 이명선 과장은 생긋이 웃더니 한결에

게로 가까이 다가왔다.

그러더니 한결의 넥타이를 매만지기 시작했다.

-이야~ 아침부터 뜨겁다?!

'거참, 알면서 그러시네!'

-크크크!

이명선은 한결의 넥타이를 만져 주며 은근슬쩍 말을 흘렸다.

"…대현차 쪽에서 이미 태선인터 쪽으로 공문을 보내 가격비교를 시작했다고 합니다."

"예상대로 흘러가고 있네요? GL이랑 삼선 쪽은 어때요?"

"그쪽에서는 이미 우리 계획이 미국 시장을 강타할 것이라는 사실을 알아챈 것 같습니다. 아무래도 함구 좀 해 달라고 부탁하는 게 나을 것 같은데요?"

"음! 그건 내가 전화로 해결할게요."

이명선은 고개를 끄덕인 뒤, 자신의 자리로 돌아갔다.

이윽고 복도 휴게실로 나간 한결은 GL전자 오준수 과장에게 전화를 걸었다.

-신 부장님! 아침부터 어쩐 일이십니까?

"따로 드릴 말씀이 있어서 말입니다."

-제게요?

"그… 저희가 부품단가를 좀 낮추려고 쇼를 계획 중인데 말입니다. 삼선이랑 GL 쪽에서는 부품단가가 내려갈 것이라는 생각을 타사에 피력해 주셨으면 해서요."

-음!

오준수 과장은 철두철미한 사람이다. 깐깐하지만 그래도 눈치는 빠르다는 뜻이다.

수화기 너머로 피식 웃는 소리가 들렸다.

-뭐, 그러시죠. 대신 우리도 뭐 먹는 거 하나쯤은 주셔야 합니다.

"당연하죠! 이번 분기에 물류조정 들어갈 때 가격협상에서 좋은 소식 들으실 수 있을 겁니다."

-알겠습니다. 그럼 부장님만 믿고 있겠습니다.

§ § §

같은 시각, 태선인터내셔널에서는 몰리브덴 재고 및 수입물량을 파악하고 있었다.

"전월 대비 30% 이상 하락했습니다. 이제 더 이상 감산 안 하곤 못 버틸 지경입니다."

"천하의 중국이 문을 걸어 잠갔는데도 수요가 이 정도라고?"

IX홀딩스가 인도와 남미의 정기교역을 계획했을 때만 해도 태선인터는 크게 긴장하는 모습을 보였었다.

하지만 시일이 지나면서 그것이 패착이었다는 것이 서서히 드러나고 있었다.

태선인터내셔널의 투자기획본부장 강기석 상무는 부하들의 보고에도 신중한 모습을 보였다.

"그렇지만 말이야. 브릭스 시장이 이렇게 호황인데 몰리브덴이 남아돈다는 게 좀 이상하지 않아?"

"듣기로는 미국 내 자동차 산업이 해외부품 의존도를 높이는 형식으로 변모하고 있기 때문이라고 들었습니다."

"그랬으면 수출량을 늘리면 되는 거잖아."

"반대로 유럽의 메이커들은 부품생산량을 오히려 줄이고 있고요."

"전체적인 수요가 줄어들었기 때문이다?"

"네, 그렇습니다."

강기석 상무는 과거 이사회에서 물류 총비용 4% 할인 전략을 펼쳤을 때, 공정위 문제 때문에라도 반대를 했었다.

하나 그가 끝까지 반대할 수 없었던 이유가 있었다.

바로 태선인터내셔널의 적자 때문이었다.

"지금 우리의 총매출이 얼마나 늘었나?"

"7% 정도 됩니다."

"은행에서 요구하는 매출총액에는 한참 못 미치는 수준이로군?"

"아무래도 아직까지는……."

금융권의 자금회수 압박은 하루 이틀의 일이 아니었다. 무려 BIS가 움직인 공정위의 대대적인 공세로 이뤄진 것이었으니까. 하지만 어째 그 공세는 사그라질 생각이 없는 것처럼 보였다.

은행들이 태선인터내셔널에게 원하는 것은 매출규모를 키워 시장에서의 장악능력과 점유율 상승 가능성을 보여주는 것이었다.

만약 그런 호재가 없다면 당연히 은행에서는 태선인터를 손절할 게 분명했다.

"우리 목숨이 경각에 달려 있다는 건 다들 잘 알고 있지?"

"물론입니다! 안 그래도 방금 전에 삼선전자 물류담당자에게 전화를 걸어 보니 부품가격이 하락하고 있어서 마진율 걱정이 큰 것 같았습니다."

"수요가 줄면 마진하락이 가장 큰 문제가 되긴 하지. 뭐, 그래서 앞으로 어쩌겠대?"

"아직은 관망하겠다는 입장입니다만, 우리 쪽으로 미세하게 기울어진 느낌입니다."

"음! 그래?"

"소문에 의하면 IX홀딩스는 지금 살얼음판을 걷는 듯한 분위기라는데 말입니다. 저쪽에서도 뭔가 경각심을 느끼기 시작한 것 아니겠습니까?"

판세가 돌아가는 것을 보면 아직까지는 태선인터의 승리가 확실시되는 모양새였다.

강기석 상무가 한창 보고를 받고 있는데 인기척이 느껴진다.

똑똑!

"상무님, 긴급소식입니다!"

"들어와."

문을 열고 들어온 사람은 원자재조달기획팀장 나윤진 차장이었다.

나 차장은 강기석 상무에게 뜻밖의 희소식을 전했다.

"일본이 미국산 몰리브덴 수입량을 조절하겠다고 전격 발표했다고 합니다! 아직 비축량이 충분하니 굳이 전략자산을 국내에 쌓아 놓을 필요가 없다는 것입니다."

"…일본에서?!"

일본은 세계 최대규모의 자동차 공장을 소유한 국가이며 한때 생산량 1위를 기록했었다.

지금도 압도적인 생산물량을 자랑하는 일본에서 몰리브덴 수입량을 조절하겠다고 발표한 것은 이례적인 일이었다.

그렇다면 판은 미묘하게 돌아갈 것이다.

"원자재 매입에 대한 기획은 일단 하락으로 잠정 잡아놔. 그 이후에 추세를 지켜보는 것으로 하고."

원자재 매입단가를 낮추면 확실히 기획에 여유공간이 많아진다.

강기석은 이제 다른 수를 생각하기 시작했다.

"…경쟁력을 더 키워야 해. 좋은 기획을 최대한 수렴해서 짜임새 있게 치고 나가 보자고."

4월의 첫째 주는 광산주에게는 그야말로 지옥이나 마찬가지였다.
 "부장님, 우리와 거래 중이던 몰리브덴 광산이 매각될 것이라는 소문이 돌고 있는데 말입니다."
 "…광산이 매각된다니? 이렇게 갑자기 말입니까?"
 "아프리카 쪽에선 이미 일본계 자본에 회사를 하나둘씩 넘기기 시작했다고 하네요."
 생각보다 광산주의 우하향 그래프의 낙차가 지나치게 크다는 것은 한결에게 있어선 약간의 악재였다.
 '어마무시할 정도로 떨어지는 게 베스트였는데, 이건 낙폭이 지나치게 큰데요?'
 -경기가 장기불황의 늪에 빠져들 때 말이다. 의외로 해

외의 부자들이 가장 먼저 내놓기 시작하는 것이 바로 광산과 유전이야.

'광산과 유전은 가지고 있는 것만으로도 돈이 되는데, 그걸 팔아요?'

-몰리브덴의 가격은 계속 떨어지고 있는데, 이대로라면 남미의 많은 국가들이 수출가격을 올리기 위해 감산에 나설 것이 분명하잖아. 이미 미국 내수시장에선 딱히 몰리브덴 수요가 없으니 자금이 계속 말라 갈 것이란 말이지? 그렇다고 해서 몰리브덴 광산을 그냥 내주느냐? 그건 또 아니잖나.

'아하! 주식처럼 손절하기도 하고 다시 사들이기도 하고, 뭐 그런 거군요!'

-이건 마치 부동산 거래와 같아. 빌딩을 사들였지만 공실률이 너무 높아서 수익이 나지를 않아. 그럼 어쩌겠냐? 관리비만 졸라게 쓰다가 그냥 마이너스 되는 거야. 그럴 바엔 적당한 매수자가 나타났을 때 팔아야 한다는 거지.

'이런 세계도 있었구나……'

-내 생각엔 일시적인 쇼크에 의해 생기는 아주 자연스러운 현상으로 보여.

'괜히 부화뇌동할 필요 없다는 뜻이군요!'

-그런 셈이지.

'뭐, 어쨌거나 덕분에 옵션으로 크게 한몫 잡았으니 고

맙다고 해야 하나?'

-크크! 정 뭣하면 나중에 뽀찌나 좀 떼 주던가!

'저 사람들이 준다고 받겠습니까?'

한결은 현재 몰리브덴 풋옵션 가격을 살펴보았다.

[포지션 현재가 : 4,828,600,000(40%▲)]

'어이쿠, 많이도 올랐네!'

-지금 시간가치와 내재가치가 많이 올라서 그래. 시장이 그만큼 기대하고 있다는 뜻이겠지.

'하락을 기대하는 사람들이 이렇게나 많다니……. 광산을 매각하는 게 절대 이상한 일이 아니었네요.'

-하지만 뭐, 그렇다고 광산을 아무렇게나 팔지는 않을 거야. 어쩌면 미국 정부가 몰리브덴 수요의 하방압력을 만들어 내는 데 힘을 실어 주고 싶은 것일 수도 있고.

'아무튼, IX홀딩스와는 전혀 관련이 없다는 뜻이네요?'

-당연하지!

한결은 차상식의 말을 듣곤 부하들을 안심시켰다.

"괜찮아요. 광산이 뭐 그렇게 쉽게 문을 닫겠습니까? 우리가 꾸준히 매물만 사 준다는 약속만 해 둔다면 큰 문제는 없을 것 같은데요?"

"아! 그럼 차라리 1년 계약을 해 버릴까요?"

"그것도 괜찮겠네요. 고정가격으로 내년까지 가격동결. 어때요?"

어차피 가격이 여기서 더 떨어져서 올라가지 않으면 IX 홀딩스는 그야말로 독박을 쓰게 된다. 그러니 차라리 리스크를 이용해서 추가 수익을 올리는 것도 나쁜 선택은 아니다.

"대현차에서는 부품수요가 어떻게 될 것 같다고 전망하던가요?"

"아직 논의 중인 사안이긴 합니다만, 남아시아에서 이번에 상용차 수주가격으로 6천억 이상을 쓸 계획이라고 하더군요."

"상용차에 6천억을?"

"네, 그것도 연간 6천억이 아니라 초도물량으로만 그렇다고 합니다."

"…그럼 대체 1년이면 얼마나 팔려 나갈 것이라는 소리예요?"

"최소 매출 3조 원 이상은 나오지 않을까 싶습니다만."

"경제성장률이 그만큼 높아진다면 승용차야……."

"3조 원 이상은 무조건 나오겠죠."

시장은 현재 과도기에서 정체되어 있다.

아직까지는 뇌관을 건드릴 만한 한 방이 없었기 때문에 잠잠하겠지만, 이 폭발성이 압축되면 압축될수록 드라마틱

한 효과를 기대할 수도 있을 것이다.

'흠…… 그렇다면 남미에서도 뭔가 제대로 된 아이템 하나 건질 수 있을 것 같은 느낌이 드는데요?'

-하긴 그건 그렇지. 남미에는 몰리브덴 생산국들이 꽤 있으니까.

한결은 김한유 차장에게 전화를 걸었다.

이참에 브라질에서 잘 지내는지 안부도 좀 물어볼 참이다.

-부장님!

"김 차장! 거기 공기는 좀 어때요?"

-어휴, 이제 좀 살겠습니다. 아침저녁으로 약간 쌀쌀하기까지 하네요.

"다행입니다. 더위라도 먹으면 어쩌나 했는데."

김한유는 얼마 전부터 계속 브라질에서 근무하고 있고, IX홀딩스 상파울로 지사의 사정을 파악하기 위해 노력하고 있었다.

"지사는 좀 어때요?"

-여기 인력난이 장난 아닙니다! 왜, 저번에 보고서가 원어로 계속 왔던 사건 기억하시죠?

"그럼요. 그것 때문에 우리 인연이 이어진 건데요."

-그게 알고 보니까 한국 인력이 다 빠져나가서 그랬더라고요! 죄다 전근신청 아니면 이직을 해대니 브라질에 남는

사람이 있어야지요.

"아!"

―얼른 인원충원을 안 해 주면 지사가 멈춰 버리게 생겼습니다.

한동안 남미 신흥국들의 상황이 썩 좋지 않았던 터라 브릭스 일원인 브라질마저도 상황이 낙관적이지가 못했었다. 그런 이유로 불안감이 가속되어 인원들이 탈주하는 상황까지 벌어진 것이었다.

하지만 이제 곧 브라질로 인원들이 몰릴 것이다.

"걱정하지 마세요. 그래 봤자 한 달도 채 안 남았습니다."

―안 그래도 지금 벌써부터 몰리브덴 하락장이 맞냐고 웅성거리고 있습니다. 인도로 들어가는 물량이 계속 늘고 있다고요.

"지금이 최적기네요! 상황이 그렇다곤 해도 일단 시장에선 몰리브덴 하락장이라 죽을 맛이잖아요?"

―칠레 쪽에서 우리더러 가격고정을 좀 해 달라고 부탁할 정도라고 하는군요.

"시장의 상황이 아주 역설적이군요!"

―이게 워낙 시장이 넓다 보니 통합이 잘 안 되는 면이 좀 있습니다. 칠레 같은 경우에는 최근에 광산의 지주가 워낙 자주 바뀌기도 했었고요.

"오호?"

정보의 상이함은 어쩌면 가장 큰 투자시장의 무기가 되기도 한다.

한결은 여기서 답을 찾았다.

"오히려 잘되었네요. 현재 가격에서 한 3% 정도 올려서 고정해 줄 테니까 계약서 쓰자고 전하세요."

-알겠습니다!

지금 몰리브덴 가격을 후려치면 태선인터내셔널은 죽었다 깨어나도 IX홀딩스를 이길 수 없게 될 것이다.

원자재 가격에서만 벌써 20% 가까이 차이가 났기 때문이다.

-지금 부장님과 통화하는 동안 메시지를 보냈는데, 지금 가격에서 2% 플러스해서 1년 계약을 하자네요!

"나쁘지 않네요. 계약하고 연락 주세요."

-네, 알겠습니다!

기회가 왔다. 지금이야말로 제대로 펌프질을 해 줄 때이다.

한결은 김한유와의 전화를 끊은 뒤, 부원들을 불러들였다.

"다들 모이세요. 태선에게 보낼 도전장을 쓸 겁니다."

"도전장이라니요?"

"뿌린 대로 거둔다는 걸 보여 줘야 하지 않겠어요?"

§ § §

강원도 원주의 한 컨트리클럽에서는 내기 골프가 한창이었다.

타악!

"강 상무, 나이스샷!"

"감사합니다, 전무님! 하지만 전무님 스코어 따라잡으려면 아직 석 타나 남았습니다."

"이 사람아! 골프를 뭐 이기려고 치나? 재미로 치는 거지!"

태선인터의 강기석 상무는 상사의 밑을 핥아 주느라 정신이 없었다.

본사 한영무 전무와의 골프는 너무 잘 쳐도 안 되고 너무 못 쳐도 안 되는, 순간순간이 모두 시험의 장이었다.

이런 시험이 괴롭기는 해도 내년 승진심사에서는 반드시 본사 영전을 따내야 하기에 짜증 나도 어쩔 수 없었다.

"다음 분기에는 자네도 태선그룹 본사로 자리를 옮겨야지. 안 그런가?"

"아! 그래 주신다면 너무 영광일 겁니다!"

"하하, 영광은 무슨. 전략기획실에서 자네를 영입하고 싶어서 얼마나 난리인데? 너무 겸손한 것도 탈이야~"

서로의 얼굴에 적당히 금칠을 해 주다 보니 어느새 마지막 홀 앞에 왔다.

한영무가 골프채를 잡고 봉산탈춤을 추지 않는 이상, 승부에 이변은 없을 것이었다.

캐디들을 대동한 채 잠시 휴식을 취하는 두 사람.

"요즘 IX홀딩스에서 밥그릇 빼앗겼다고 꽤나 징징거리는 것 같던데, 괜찮겠어?"

"정당하게 물류가격 디스카운트했고, 법적으로 결격사유도 없습니다."

"하지만 시장의 눈이라는 게 있잖아. 보는 눈이 무섭다는 거, 자네도 알지?"

세상에는 상도의라는 것이 있다. 아무리 경쟁관계에 있다고 하더라도 상도를 어기면 살아남기 힘들다.

내가 어긴 상도는 남도 어기는 게 인지상정이기 때문이다.

"아직 계약서 쓰기 전이니 크게 걱정하실 필요 없습니다. 여차하면 노선 틀어서 다른 사업을 찾아보면 되는 것이고요."

"자네가 고생이 많군. 괜히 본사 이사회에 이리저리 휘둘리느라 말이야."

강기석이 상도를 어긴다는 얘기까지 들어 가면서 일하는 이유는 오로지 하나였다.

태산그룹의 수뇌부로 올라가기 위한 발판, 그것을 마련

하기 위함이었다.

'그래, 성공 가도에 올라서기만 한다면 두 번 다시 이런 더럽고 귀찮은 일은 하지 않아도 되겠지!'

회사에서는 강기석을 신중하고 애사심이 넘치는 사람으로 표현하곤 한다.

그가 신중한 것은 맞지만, 결코 애사심이 넘치지는 않았다.

신중한 사람에게 무조건적인 사랑은 이해할 수 없는 영역이기 때문이다.

다음 홀로 넘어가기 위해 다시 카트를 타고 움직이기 시작했다.

이번에는 화제가 다른 쪽으로 넘어갔다.

골프를 치는 동안 있는 이런 이동 타임은 독대하며 조용히 대화를 나눌 절호의 시간이기도 하다.

"아참, 그 알루미늄은 어떻게 되었나?"

"가격이 소폭 오르고 있습니다만, 크게 걱정하실 필요는 없을 것 같습니다."

"이사회에서 말이 많아. 우리가 제때 보크사이트를 수급 못 해서 손해만 보다가 끝날 것 같다고."

"…약간의 착오는 있었으나, 크게 걱정할 정도는 아닙니다."

"창진에셋에서 알루미늄 선물을 사들였다가 지금 엄청 재미를 보고 있다는군. 자네는 어떻게 생각하나?"

시장에서는 알루미늄 수요의 상승은 어쩌면 산업국면을 뒤집을 수 있는 징조가 아닌가 하는 추측을 내놓았다.

하지만 아직까지 지표는 굳건히 움직이지 않았고, 요지부동으로 재화의 움직임을 차단하고 있었다.

"미국의 산업 기조를 따르는 한, 이변은 없습니다."

"지금은 미국이 시장을 성형하는 위치에 있으니, 그들의 뜻에만 따르면 필승이라는 뜻인가?"

"물론입니다!"

강기석은 시장에서의 승리를 확신했다.

다른 국가들의 기조는 중요하지 않았다. 미국이 작정하고 제조업 시장을 재조립한다고 하면 바뀌는 게 순리이기 때문이다.

"더 이상의 이변이 없는 한, 시장은 뒤집히지 않습니다."

"아주 대단한 자신감이로군."

"나름의 분석이랄까요?"

"뭐, 좋아, 자네가 그렇게 생각한다면야."

"감사합……."

꾸벅 고개를 숙여 인사하려는 강기석에게 한영무는 조용히 경고했다.

"대신 이 판에서 보기(bogey)를 범하는 순간, 그대로 끝이라는 것만 알아 둬."

"…물론입니다."

어차피 출세를 못 하면 이 회사에 남아 있을 이유가 없다.

강기석의 남은 인생의 목표는 오로지 하나, '성공'에 맞춰져 있기 때문이다.

§ § §

다소 늦은 저녁 시간.

한결은 집에서 정장을 챙겨 입곤 임 부회장이 선물로 준 시계를 찼다.

"13억짜리 시계라니."

-보통은 그런 걸 집에 잘 모셔 놓는데, 넌 그냥 차고 다니네?

"그렇게 쉽게 망가질 것 같았으면 13억의 가치가 있겠어요?"

-하긴 그렇긴 하지.

오늘 한결은 IL그룹 부장인사들의 와인모임에 또다시 초대를 받았다.

딱히 나가고 싶은 마음은 없지만, 오늘은 어쩔 수 없었다.

"아… 양 대가리를 데리고 갈 생각을 하니까 벌써부터 머리가 아픈데? 그냥 쨀까요?"

-크크크! 그것도 재미있긴 하겠다. 근데 감당할 수 있겠어? 1년 내내 졸졸 쫓아다니면서 잔소리를 해댈 텐데?

"아놔, 진짜!"

한결은 양유진에게 뭔가 선물을 주고 싶다고 물었었고, 술에 취한 그녀는 제대로 답을 하지 못했었다.

한데 얼마 전, 그녀에게서 연락이 왔다.

'와인모임 같이 가 줘! 가방 같은 거 필요 없어!'

그땐 이게 어쩐 일인가 싶었지만, 시간이 지나고 나서야 한결은 알게 되었다.

양유진은 와인모임에서 얻은 정보를 기반으로 승승장구하고 있던 것이었다.

"이번에 같이 나가면 차장 승진이라나 뭐라나……."

-그래도 양 대가리가 승진하면 너도 좋지 않아? 앞으로 채권은 물론이고 대출까지 쬘 수 있는 기회가 많이 생길 텐데 말이야.

"아, 뭐… 그건 그렇긴 하죠. 그런데 이번 모임에선 어쩐지 별로 사람이 꼬일 것 같지 않다는 생각이 드는데요?"

-왜? 이번에 네가 연극을 하도 잘해서 말이야?

"듣자 하니 이제 곧 회사에서 잘린다는 얘기까지 나돌고 있는 것 같던데요?"

-크하하하! 작전의 짜임새가 좋아도 문제네?

"뭐, 계획한 판이 깨지는 것보다는 낫죠. 아무튼, 그럼 갈까요?"

차상식은 뭔가 잠시 생각하는 듯하더니 피식 웃으며 한

결에게 말했다.

-야, 오늘은 차 타고 가.

"술 마시는데, 무슨 차를?"

-어차피 넌 와인 안 좋아하잖아. 그냥 양 대가리만 마시라 그러고, 넌 차 타고 가.

"잉? 그럼 모임에 나갈 이유가 없는디요?"

-오늘만 보고 산다면 그럴 이유가 없겠지. 하지만 미래를 생각한다면 얘기가 달라져. 지금보다 훨씬 더 많은 사람이 모이기를 바란다면, 네가 투자귀신과 어떤 관계가 있다는 걸 어필할 필요가 있을 거야.

"아! 발 없는 말이 천 리를 간다?!"

-그래, 인마! 사람들은 그렇게 생각할 거라고. 도대체 이 새끼가 뭔데 투자귀신에게 준 차를 다고 다니는 거지?

"호기심을 자극할수록 인맥도 넓어지겠네요!"

-알아서 정보가 들어오게 되는 거지.

"오호!"

한결은 당장 스포츠카의 스마트키를 챙겼다.

§ § §

부아아아앙!

귀청이 떨어질 것 같은 굉음을 내며 질주하는 V-F5는 강남의 모든 '양카족'들을 압살시킬 엄청난 포스를 뿜어냈다.

"…저 새끼 뭐야?"

"오! V-F5다! 얼마 전에 한국으로 들어왔다는 얘기는 들었는데!"

자칭 '슈퍼카 오너'들은 오늘의 헌팅을 준비하다가 V-F5를 영접하곤 눈팅하느라 정신이 없었다.

그만큼 V-F5의 위력은 대단한 것이었다.

사람들은 도대체 이 하이퍼카의 주인이 누구인지 궁금해했다.

빠아앙!

경적이 울리고 차의 창문이 내려갔다.

"시스터, 얼른 타!"

"…어머, 뭐야?! 얘, 이거 어디서 난 거야?!"

"지금 차 막혀! 얼른 타!"

하이퍼카의 주인인 한결을 발견한 양유진은 얼떨떨한 표정이 되어 버렸다.

"엄멈머! 너, 진짜 이거 뭐야?! 나, 안 탈래!"

"…장난해? 차 막힌다고! 얼른 타!"

차에 대해 잘 모르는 사람도 V-F5를 보면 걱정부터 들기 마련이다.

이거, 내가 타도 되는 건가?

"괜히 진흙이라도 묻으면 손해배상청구 받는 거 아니야?!"

"남의 차 아니야. 선물 받은 거야."

"…이런 걸 선물로 주는 사람이 있다고오오?! 나도 좀 소개해 줘!"

"나중에."

"너어는! 그런 좋은 사람이 있으면 이 누나한테 소개 안 하고 뭐 했어?!"

"어차피 넌 만나지도 못해. 나중에 늙어서 죽으면 모를까."

"…엄멈머?! 너 나 무시하니?! 나 양유진이야!"

"알지, 양유진. 그래서 못 만난다고."

"아니, 왜?!"

"살아선 못 만난다니까?"

"쓰레기 신한결!"

-크크크! 당연히 못 만나지! 죽은 사람인데!

양유진은 차상식 정도 되는 인물이라면 저승사자라도 오케이 할 인간이지만, 아쉽게도 차상식은 아무에게나 보이는 사람(?)은 아니었다.

강남역에서 차를 타고 가는데 귓가가 멍멍해지는 느낌이 든다.

"…어머, 얘! 근데 이건 오래 못 타겠다! 이러다가 귀에

딱지 앉겠어!"

"좀 참아! 이게 다 갬성이래잖어."

"엄멈머! 갬성은 무슨 얼어 죽을!"

투덜이 양유진이라도 스포츠카를 타면 좀 나을까 싶었지만, 투덜이는 곧 죽어도 투덜이었다.

슈퍼카의 위용을 자랑하듯. 얼마 지나지 않아 컨벤션센터에 도착했다.

원래 이곳에선 발렛파킹이 기본이지만, 한결이 타고 있는 차는 양심상 그러지 못했다.

"주차하고 올라가자."

"에이, 진짜!"

한결은 적당한 곳에 차를 댄 후, 계단을 타고 엘리베이터로 향했다.

양유진은 자연스럽게 한결에게 팔짱을 꼈다.

"히힛, 기대된다!"

"도대체 영업이 뭐 얼마나 잘되면 세상천지 너 같은 사람이 기대를 다 하냐?"

"너어는! 너 같은 사람이 뭐니?! 내가 뭐, 어떤 사람인데?!"

"투덜이."

"…진짜 죽어?"

"크크크!"

"아무튼 간에 연락이 아주 물밀 듯이 들어와. 이번에 차장인사 승인 난 것도 다 이 모임 때문이고!"

이쯤 되니 도대체 그녀가 어떤 연락을 주고받는지 궁금해질 수밖에는 없었다.

"나도 좀 구경해 보면 안 되냐?"

"뭘? 내 폰을?!"

"응!"

"어머나, 얘! 아무리 우리가 지금 부부동반 모임에 나왔다지만, 이건 너무 빠르지 않니?!"

"…그게 뭔 소리여. 그냥 이메일 좀 보자는 건데."

"우리가 부부니?! 자, 봐!"

어쩐지 말과 행동이 일치하지 않는 건, 아무래도 양유진의 특성인 모양이었다.

[이메일 : 1,262통]

"…안 읽은 메일이 이렇게나 많아?"

"말도 마라, 얘! 하루 종일 알람이 울려 대서 아예 무음으로 바꿔 놨잖니!"

이메일의 내용을 보면 그야말로 엑기스가 따로 없었다.

기업의 사소한 재무정보부터 인수합병 관련 핵심자료까지, 도대체 이런 걸 다 어디서 났나 싶을 정도였다.

"야, 너 나한테 돈 내야 하는 거 아니냐? 오히려 나보다 네가 나은데?"

"뭐래, 이 쓰레기가! 이게 다 네게 피가 되고 살이 되는 것들이잖아! 설마하니 이 누나가 나만 좋자고 정보수집을 하고 있겠니?! 응?!"

-큭큭! 어째 어울리지도 않는 열녀 짓을 다 한다냐? 사람이 어울리지도 않는 짓을 하면 둘 중에 하나라는데, 죽을 병에 걸렸거나 눈에 콩깍지가 씌었거나!

한결은 차상식의 말을 귓등으로 흘리고 그녀에게 스마트폰을 돌려주었다.

"그나저나 어쩌냐? 이제 내가 삽질을 하고 다녔다는 소문이 돌아서 정보통 굴리기가 쉽지 않을 텐데."

"괜찮아! 그러려고 온 거 아니니까."

"응?"

잠시 후, 두 사람은 모임장소에 도착했다.

사람들은 언제나 그랬듯 이리저리 몰려다니면서 정보를 교환하고 서로 얼굴에 금칠을 해 주기 바빴다.

한데 오늘은 유난히도 한결에게 누구도 다가오지 않았다.

'썰렁하네.'

-별수 없지, 뭐. 하지만 그래도 네가 V-F5를 타고 나왔다는 것쯤은 모임 중간에 알음알음 퍼지게 될 거야. 그거면

된 거지.

씁쓸한 표정으로 행사장에 들어선 한결에게 어쩐 일로 사람들이 다가왔다.

"신 부장님!"

"안녕하십니까?"

"아이고! 요즘 IX홀딩스가 초상집이라던데! 이거 어쩌면 좋습니까? 조만간 인사이동 조치가 있을 것이라는 얘기가 돌던데요!"

얼굴들을 보아하니 웃음기가 가득해 보인다.

마치 먹잇감을 발견한 하이에나처럼 어디 물어뜯을 곳이 없나 살피는 것 같기도 했다.

그런 그들에게 양유진이 앙칼진 목소리를 냈다.

"IL에너지 남기천 부장님! 이번에 여신상환 기간연장 심사 있으신 거 아시죠? 엄멈머, 그 담당자가 우연찮게도 나였네?"

"야, 양유진 과장님! 오랜만에 뵙습니다!"

"지금 남의 회사 인사이동 걱정하실 때가 아닐 텐데? 그쵸~"

"허, 험험!"

"부실비율이나 잘 조절하세요~. 잘못하면 자금회수 단행하는 수가 있어요?"

"…아이고, 내 정신 좀 봐! 이러고 있을 때가 아닌데! 신 부장님, 그럼 다음에 또 뵙겠습니다!"

양유진이 돌아선 남기천에 이어 그 옆에 있던 떨거지들을 찌릿 노려보자 그들은 알아서 흩어져 버렸다.

"크, 크흠!"

"아이고, 정 부장! 오랜만……."

놀랍게도 양유진이 한결을 물어뜯으려는 하이에나들을 단 일격에 해치워 버린 것이었다.

그녀는 의기양양한 표정으로 한결을 바라보았다.

"어때?! 누나 멋있지?!"

"음… 오늘은 솔직히 좀 멋있네."

"얘! 오늘 이 누나가 신한결은 건재하다는 걸 보여 주려고 일부러 찾아왔다는 거 아니냐. 물어뜯으려고 덤벼 봐, 아주 작살을 내 줄 거야!"

-솔직히 이건 좀 멋졌다. 인정!

양유진에게도 의리라는 것이 있긴 한 모양이다.

§ § §

다음 날 아침.

말끔한 기분으로 출근길에 나선 한결은 지하철에 올라탔다.

오늘도 지하철은 만원, 한결은 지옥철에서의 시간을 활용해 스마트폰으로 뉴스를 청취했다.

[…몰리브덴 가격의 추가 하락이 예상되는 가운데 시장에 공매도가 이어지고 있어서 미국 상무부가 가격하락 방지대책을 세우고 있다고 불름버그 통신이 이와 같이…]

'정말 얄짤없이 떨어지네요.'
-크! 달달하다, 달달해!
'가만, 그럼 지금 포지션 가격이 얼마나 되는 건가?'
MTS로 옵션의 현재가를 확인했다.

[포지션 현재가 : 8,160,334,000(KR/W)30%▲]

'소소하게 81억! 큭큭!'
-꺼어억! 아이고, 배부르다~ 그래도 뭐, 맛있게 먹었으니 됐잖냐! 큭큭큭!
한결은 바로 옵션을 청산해 버리기로 했다.
아직 만기가 되려면 시간이 꽤 많이 남았지만, 시장의 흐름이 흔들릴 가능성이 있기에 옵션의 가격은 지금이 정점일 것이기 때문이었다.
앞으로 더 크게 먹을 것이 있기에 굳이 여기에 목멜 이유가 없기도 했다.
[매도주문 완료]
[청산금 : 8,160,334,000(KR/W)30%▲]

[청산수수료 및 세금은 추후 부과]

깔끔하게 간식을 챙겨 먹었으니 이제는 회사에서 열심히 일할 차례이다.

이 81억으로 뭘 할까 생각하면서 회사에 도착하니 전미윤 차장이 한결을 기다리고 있었다.

"일찍 오시네요?"

"전미윤 차장님? 업무 때문에 오셨습니까?"

"협력사 방문차 왔다가 잠깐 들렀어요."

"커피 한잔할래요? 요 앞에 자판기 있는데."

"그럼 그럴까요?"

한결은 전미윤을 데리고 복도 자판기로 향했다.

복도를 나란히 걸어가면서 두 사람은 시황에 대한 의견을 나누었다.

"소식 들었어요? 지금 시장에서 몰리브덴 가격 떨어진다고 난리던데."

"그렇다고 하더라고요?"

"아직까지는 그래도 판이 순조롭게 흘러가고 있네요. 그쵸?"

"네, 아직까지는."

전미윤은 한결에게 쪽지 한 장을 건네주었다.

[…브라질 - 인도 몰리브덴 이동량 증가세 확인]

"이러면 게임 끝난 거죠?"

다소 길고 긴 싸움의 마무리를 짓는 종소리가 들려오는 듯하다.

§ § §

한결의 하루는 여느 때와 같았다.

평소와 다름없이 지하철을 타고 역삼동으로 출근하며 하루가 시작된다.

하지만 주변은 빠르게 변하기 시작했다.

[…미 상무부의 몰리브덴 금수조치 해제가 사실상 확정되면서 업계에 파장이 일 것으로 보인다며…]

[알루미늄 가격이 사상 최고치를 기록하며 이른바 '인도특수'에 초점이 맞춰지고 있습니다…]

[제조산업, 건설업의 호황이 가시화되면서 중국에서 이탈되었던 투자금, 이른바 탈중국 자본이 한국으로 쏟아져 들어오고 있다는 소식입니다…]

'사방팔방에서 뉴스를 쏟아 내느라 아주 정신이 없네요!'
-이제부터는 뿌린 대로 거두게 되겠지!

한결은 알루미늄 선물옵션을 확인해 보았다.

[선물옵션]
[알루미늄- 콜옵션 매수]
[포지션 현재가 : 12,854,015,710(KR/W)(328%)]

그야말로 지붕을 뚫었다.
이제는 IX홀딩스의 상황이 궁금해졌다.
한결은 투자관리부를 찾았다.
따아악!
출근도장을 찍은 한결에게 폭죽세례가 쏟아졌다.
"부장님! 축하드립니다! IX홀딩스 사상 최고수익을 올리셨습니다!"
"아이고, 그래서 이렇게까지 준비한 겁니까? 고마워요!"
"보고서 한번 보시겠습니까?"
한결은 무역 및 생산설비 투자로 거둬들인 IX홀딩스의 총수익에 대해 알아보았다.
[2/4분기 투자실적 : 1조 2천억…]
"1조?"
"단독수익은 아니고 GL-삼선 동맹하고 한택글로벌과의 시너지로 생산된 연계수익까지 합쳐서 이 정도입니다."
"허!"
한결이 생각했던 것보다 수익률이 더욱 극대화되었다.
당장의 수익이 이 정도인데, 앞으로 인도와 미국을 몇 번만 더 왕복한다면 과연 얼마나 수익이 생길지 감히 상상조차 하지 못할 정도였다. 약 2개월 만에 거둔 사상 최고의 수익달성에 모두들 박수갈채를 쏟아 낼 뿐이었다.

하지만 호재는 이제부터 시작이다.

지이이잉!

한결이 부원들의 축하를 받고 있는데 전화가 걸려 왔다.

김유철이었다.

-대장!

"아잇, 깜짝이야! 귀청 떨어지는 줄 알았네!"

-아, 미안! 헤헤, 너무 기뻐서!

"아침부터 기차 화통을 삶아 먹었나? 무슨 일인데?"

-크흐! 역시 대장이야! 나도 이번에 옵션으로 100억이나 벌었다는 거 아니야!

"그렇게나 많이?"

-지금 판이 그렇잖아. 돌아가는 본새를 보아하니 죽었다 깨어나도 손해 볼 것 같다는 생각은 안 드는 거야. 그래서 냅다 질렀지!

"수십억이나 투자해 놓고 안 쫄렸냐?"

-에이, 왜 쫄려? 대장이 찍어 준 건데!

"허!"

-크흐흐! 대장, 짱이야! 멋져!

"아부 그만하고, 들어가서 일해."

-그건 그렇고! 대장한테 알려 줄 게 하나 있어서!

"뭔데?"

-일본에서 미친 듯이 몰리브덴이랑 알루미늄을 수입하고 있대! 대장도 들었지? 얼마 전부터 일본 자산가들이 해외 광산주를 마구 사들이고 있는 거. 그게 이 건이랑 관련이 있는 것 같아!

"아, 그러네! 유난히 일본계 자산가들이 빠릿빠릿하게 움직였었지!"

-아무래도 지금까지는 미국 정부 눈치 보느라 소극적이었던 것 같고, 지금은 아예 고삐가 풀려 버린 거지.

"일본이 알루미늄을 그렇게 사들인다면……."

-으흐흐, 대장네 회사 아주 대박 나겠네!

한택글로벌은 동아시아 물류시장을 꽉 잡고 있고, 한결은 남미에서 싼값에 몰리브덴을 수입해 올 수 있다.

그야말로 환상의 앙상블이 펼쳐진다는 뜻이다.

'이겼네요! 완벽하게.'

-축하한다. 이걸로 레벨업 좀 했겠는데?

위기를 극복한 한결은 또 다른 출발을 준비한다.

-그럼 지금부턴 연어잡이에 나서 볼까?

'연어요?'

-탈중국 자본 말이야!

'아, 맞네!'

§ § §

4월이 이제 얼마 남지 않은 날.

미국 시장에서 몰리브덴은 그야말로 폭발적인 가격 상승세를 보이기 시작했다.

"…몰리브덴 가격, 15% 상승했습니다!"

"뭐, 벌써?!"

강기석은 미국 시장에서 몰리브덴 가격이 하락하고 있다는 것에 대해 상당히 낙관적이었고, 한국과 중국 시장에서 충분히 물류를 운영할 수 있다고 확신했다.

하지만 그 예상은 완벽하게 빗나가고 말았다.

"인도 쪽 상황은 어때?"

"현지 가격이 20% 넘게 상승했습니다. 이제 현지에선 몰리브덴을 구하지도 못할 정도랍니다!"

"젠장!"

태선인터내셔널이 굳이 동아시아에서 요지부동한 것에는 다 이유가 있었다.

그들은 모든 공장설비를 동아시아에 집중시켰고, 심지어 원자재 조달계획조차도 동아시아에 뿌리를 내리고 있었다.

만약 GL그룹이나 삼선그룹을 등에 업고 물류비용을 출자했다면 몰라도 지금 당장 남아시아로 진출한다거나 남미에 물류체인을 구성하는 것에는 한계가 있었다.

"IX인터 쪽은 좀 어떻대?"

"지금 아주 대박 행진 중입니다. 칠레에서 저번에 최저가격 +2%로 계약을 맺어 놔서 일주일 뒤에는 벌써 본전, 다음 달에는 두 배 이상 이득을 볼 것으로 생각됩니다."

"…젠장!"

단순히 얘기하자면 태선과 IX는 가위바위보 싸움을 했고, IX가 태선에게 가볍게 승리를 한 것이다.

하지만 그 결과는 결코 단순하지 않았다.

"삼선 쪽에서 우리 쪽과의 진행된 모든 얘기들을 백지화하겠답니다!"

"…당연히 그렇겠지. 개새끼들!"

원래 기업이라는 것은 이익을 위해서라면 손바닥 뒤집듯 입장을 마구 바꿀 수 있는 철면피여야만 한다. 그래야 이익을 공유하는 주주들에게서 쫓겨나지 않을 테니 말이다.

태선인터는 이제 진격보다는 수비에 치중해야 할 때이다.

"거래처들 확인하고, 지금부터는 주요고객들 관리에 들어간다. 우리 고객들의 입장은 어때?"

"그… 30% 정도는 IX인터로 넘어간 것 같습니다."

"뭐?! 그동안 우리가 들인 공이 얼마인데?!"

"아무래도 몰리브덴 가격이라든지 남아시아, 남미 인프라 구축의 영향이 큰 것 같습니다. IX홀딩스가 투자를 아예 안 했으면 몰라도 지금 출자된 금액만 거의 4천억 이상이라고 하니 말입니다."

"젠장!"

공든 탑이 무너지는 것은 기업계에선 비일비재한 일이었다.

다만, 한 번 무너진 탑을 다시 쌓는다는 것은 굉장히 어려운 일이라는 것이 문제였다.

"젠장! 이거 도대체 누구 기획이야?"

"IX홀딩스의 최연소 부장이 기획을 하고 작년부터 하드캐리 하고 있답니다."

"겨우 부장 나부랭이가 이런 기획을 해? 나 참, 그 동네는 운도 좋군."

"이름이… 신한결 부장이랍니다."

강기석은 한낱 일개 부장 따위에게 밟혔다는 것을 인정할 수 없었다. 하지만 현실은 냉혹했다.

"상무님! 본사에서 인사조정 있다고 합니다!"

"…내 위치는?"

"아프리카 지사로 전출이십니다."

결국 강기석은 이 바닥을 떠나야 할 운명이었다.

§ § §

IX홀딩스의 부회장 방영호의 집무실로 향하는 길.

한결은 양유진과 통화하고 있었다.

-엄멈머! 한결아, 나 어쩌니?! 이메일이 터질 것 같아! IL그룹 부장 사모들이 아주 난리가 났어! 너랑 줄 한 번만 대 보자고!

"그렇게 씹어 대더니, 이제 와서?"

-얘! 그래도 정보통이 있다는 건 좋은 거야! 더럽고 치사하면 너도 잘라 내면 되는 거지!

의외로 양유진이 한결의 정보통이 되어 줄 수도 있겠다는 생각이 들었다.

한결은 이번에야말로 양유진에게 뭔가 선물을 사 주고 싶어졌다.

"진짜 셔넬 가방 필요 없어?"

-너어는! 내가 무슨 가방에 환장한 여자인 줄 아니?! 네가 직접 에스코트해서 사 주면 몰라도!

"아, 그건 기각!"

-쓰레기 신한결!

"큭큭! 나중에 시간 봐서 사러 가자."

-저어엉말?!

"사람이 무슨 속고만 살았나? 조만간 시간 나면 어디 백화점에서 살 건지나 알아 놔."

-엄멈머! 이게 무슨 일이니?! 쓰레기 신한결이 백화점 데이트를?!

"데이트?"

-아무튼, 나중에 봐! 뿅!

그야말로 마이페이스로 전화를 끊어 버렸다.

한결은 왠지 찝찝한 표정으로 주머니에 스마트폰을 찔러 넣었다.

"얘랑 얘기를 하면 항상 뒤가 찝찝하단 말이야……."

-크크크! 그게 양 대가리의 매력 아니냐?

"매력은 무슨!"

-그나저나 고생한 다른 여자들한테는 뭐 안 사 줘?

"양 대가리가 고른 가방이랑 비슷한 거 사다 주죠, 뭐."

차상식은 질렸다는 듯, 고개를 절레절레 흔들었다.

-와… 이 새끼 진짜 졸라 쓰레기네!

"엥? 내가 뭘요? 시간을 효율적으로 쓰겠다는 건데."

-하아…… 하긴 모쏠이 뭘 알겠냐?

"아, 네! 거기가 커서 그래요. 굳이 노력할 필요가 없달까?"

-와! 거기에 졸라 재수 없기까지?

"크크크!"

어느새 부회장 집무실에 당도했다.

똑똑.

인기척을 내자 비서실장 이일권이 문을 열었다.

"어서 와, 신 부장. 회장님께서 기다리고 계셔."

"네! 알겠………… 응? 회장님이라니요?"

"일단 들어가 봐."

이 실장의 얘기에 고개를 갸웃거리며 집무실 안쪽 문을 두드렸다.

똑똑똑!

"어, 들어와!"

문을 열고 안으로 들어가자 놀랍게도 방영호와 정말 비슷하게 생긴 남자가 한결을 기다리고 있었다.

-어라! 방태호 회장?

한결은 깜짝 놀라서 고개를 숙였다.

"처음 뵙겠습니다! 신한결이라고 합니다!"

"반가워. IL그룹 회장 방태호라고 하네."

"위명은 많이 들었습니다!"

"하하! 위명까지야. 앉지. 형님께서는 지금 IL그룹을 나간 이사진들의 처분을 위해 검찰청에 가셨거든."

"아!"

"많이 놀랐나?"

방태호 회장은 방영호와는 결이 약간 다른 사람이었다.

방영호가 카리스마가 있는 사람이라면, 방태호는 조금 더 인간적인 면이 있다는 느낌이 들었다.

-그래, 이쯤 되면 등장할 때가 되었다는 생각이 들긴 했지.

'방 씨 형제를 잘 아세요?'

-잘 알지. 내가 투자고문을 맡아 줬었으니까.

'엥?! 왜 그걸 지금 얘기해요?!'

─그걸 얘기해 줬으면, 네가 지금 여기까지 오는 동안 그렇게 열심히 머리를 굴리려고 했겠냐? 사람이라는 건 말이야, 원래 그런 거야. 간사한 동물이거든!

'아하!'

한결은 차상식을 이해했다.

만약 자신도 똑같은 상황에서 제자를 키워야 했다면, 최대한 제한적인 상황에 던져 놓았을 테니까.

"부장들에게서 떠도는 얘기를 들었네. V-F5를 타고 다닌다고?"

"네, 그렇습니다."

"듣자 하니 그건 투자귀신에게 선물한 것이라고 하던데 말이야. 자네가 그걸 어떻게 소유하고 있는 건가?"

"얘기하자면 깁니다만······."

"긴 얘기는 필요 없네. 자네가 투자귀신인가?"

한결은 당황했다.

이런 사소한 것 같았던 얘기가 무려 IL그룹의 회장에게까지 전해질 줄은 몰랐기 때문이다.

─뭘 놀라고 그래? 떳떳하게 나아가! 어차피 그거 가지고 뭐라고 할 사람은 없어.

'그렇게 되면 법적으로 문제가 될 일이 아주 많은데요?'

차상식은 피식 웃었다.

─새끼, 이제까지 공부 헛했네! 내가 저번에 뭐라 했냐?

위법이고 편법이고……
 '안 걸리면 장땡이다?'
 ―너 같으면 투자귀신이라는 대어를 낚았는데, 그걸 법적으로 엮고 싶겠냐? 당연히 아니지!
 '아! 그러고 보니 그러네?!'
 한결은 차상식의 말에 수긍할 수밖에는 없었다.
 다만 일이 이렇게 풀리자 한결로선 한 가지 의구심이 들 수밖에는 없었다.
 '…혹시 IL그룹을 끌어들이기 위해서 지금까지 일부러 이 일들을 벌인 거예요?'
 ―그거야 네가 생각하기 나름인 거고.
 '헐!'
 ―사람은 말이다, 미래를 점쳐 줘도 현실에서 예언을 마주하고 나서야 그게 미래를 예지했음을 깨닫기 마련이야. 만약 내가 네게 일일이 모든 것을 다 얘기해 줬다면 여기까지 올 수 있었을까?
 '…차상식 버스, 진짜로 있었네요?'
 ―인마, 태워 준다고 했잖아! 졸라 빠른 버스!
 한결은 방태호의 질문에 답을 주었다.
 "투자귀신은 있다가도 없고, 없다가도 있습니다."
 "역시 그렇군. 잘 알겠네."
 차상식이 알려 준 답은 IL그룹에게 있었다.

하지만 한결은 그 답이 투자귀신에게 있다고는 생각하지 않았다.

오히려 그 반대였다.

-언제든 같은 편이 될 수도 있고, 다른 편이 될 수도 있다?

'아저씨는 언제나 여지를 남겨 두라고 말했었죠.'

-큭큭! 정확하군. 내가 원하는 대로 되었어!

굳이 법 때문이 아니다.

한결은 선을 넘는 친밀함보다 무서운 것도 없다는 사실을 이번 기회를 통해 배운 것이다.

방태호는 싱긋이 웃으며 말했다.

"현명한 친구로군."

"태선인터와 어울리던 그놈들을 보고 배웠을 뿐입니다."

어차피 투자귀신의 정체는 알고 있을 터라 한결은 거리를 두었을 뿐이다.

오히려 방태호는 그게 더 마음에 드는 모양이다.

"올해 12월까지만 이 회사에 있기로 했다던가?"

"네, 그렇습니다."

"알겠네. 또 보세."

두 사람은 아주 쿨하게 돌아섰다.

인천으로 가는 버스 안.

편안한 트레이닝 복장에 야구모자를 눌러쓴 한결은 성인 손바닥 두 개 정도 되는 사이즈의 게임기를 붙잡고 스틱을 조작했다.

딸깍, 딸깍….

[레벨업!]
[스탯을 선택해 주세요!]

-흠…… 아무래도 마법을 쓰니까 지능이겠지?
'에이, 아니죠! 지식이죠! 마법의 스펙트럼이 넓어야 몹이사냥을 할 수 있잖아요.'

-짜식이 뭘 모르네. 인마, 원래 사람은 한 방이 강력해야 한다고. 딜이 안 먹히는데 몰이사냥이 무슨 소용이냐?

'에헤이! 아니라니까 그러네!'

환갑이 넘은 투자의 전설과 IX홀딩스의 부장이라는 사람들이 겨우 RPG 게임의 캐릭터 성장 방향에 대해 목에 핏대를 세우고 있었다.

차상식은 인터넷에서 본 게임을 하고 싶다고 졸랐고, 한결은 어쩔 수 없이 직접 게임기를 조작할 수밖에는 없었다.

한데 이 게임이라는 것이 하다 보니 점점 진심이 될 수밖에는 없었다.

-야, 가위바위보 해!

'아놔, 알겠어요. 그럼 동시에! 가위바위보! 찌!'

-빠!

'앗싸!'

-……에라이, 망할 놈아! 너 때문에 캐릭 조지게 생겼다!

'아니거든요~'

-야, 야, 때려쳐! 드라마나 틀어! 답답해서 못해 먹겠다!

'큭큭, 그럼 그러시든가!'

-어휴, 저 얄미운 새끼를 그냥 콱!

싸우는 것만 놓고 보면 여섯 살 꼬마라고 해도 전혀 손색이 없을 것이었다.

두 사람이 게임기 하나 가지고 아옹다옹하고 있는데 전

화가 걸려 왔다.

"네, 여보세요?"

-고객님, 안녕하십니까? 반도항공 VIP담당자 이진희라고 합니다. 신한결 님 되시나요?

"맞습니다. 제가 신한결입니다."

누군가 했더니 항공사 직원이었다.

-이탈리아 노선의 퍼스트클래스 이용 확인차 전화 드렸습니다. 오늘 오후 1시, 이탈리아 로마 직항 맞으신가요?

"네, 맞습니다!"

-픽업 서비스 거절하셔서 직접 오셔야 하는데, 몇 시 도착 예정이십니까?

"12시까진 갈 수 있어요."

-알겠습니다. VIP라운지에서 뵙겠습니다.

항공사 직원이 전화를 끊자 차상식은 드라마에 시선을 고정한 채 물었다.

-인증서 다운로드 받아 놨지?

'당연하죠.'

-오늘 항공권 실물로 받을 거니까 절대 잃어버리지 말고.

'내가 무슨 애예요? 그런 걸 다 걱정하게.'

-그깟 게임 하나 때문에 사부한테 대드는 걸 보면 애 맞지!

'에헤이, 삐지셨네!'

-아니거든!

차상식은 반도항공의 주주였는데, 투자할 당시에 무기명 항공권을 선물로 받았었다.

인증서만 있으면 항공권의 명의를 바꿀 수 있기 때문에 차상식은 그것을 한결에게 넘기기로 한 것이었다.

'그나저나 반도항공에는 왜 투자했었어요?'

-아, 그거? 항공화물 특화사업을 좀 진행하고 싶었거든. 원래는 인수합병을 진행하려고 했었는데, 반도항공이 화물 쪽에선 내실이 별로 안 좋더라고. 그래서 투자금 박아 놓는 조건으로 아예 항공화물 쪽 키워 주고 합병에선 손 뗐지.

'도대체 그때 얼마를 투자해 줬길래 평생 항공권까지 줘요?'

-8천억.

'…줄 만하네.'

지금은 게임기 하나 가지고 제자와 아옹다옹하고 있지만, 차상식은 수천억쯤이야 별 대수롭지 않게 굴렸던 투자 시장의 큰손이었다.

'그럼 아저씨가 투자했던 자본들은 아직도 그 회사에 그대로 있겠네요?'

-아마도 그렇겠지?

'아니, 그럼 그 돈은 다 어떻게 되는 건데요?'

-임자가 나타나지 않는 한 계속 잠들어 있지 않을까?

'사모님이 회수하시면 되지 않아요?'

-그게 좀 복잡해. 나중에 때가 되면 너도 이해하게 될 날이 올 거다.

'…무슨 사연 많은 아버지처럼 얘기하시네.'

-그나저나 스탯 진짜로 찍었어?

'큭큭큭! 찍었죠! 지능으로.'

-…새끼가 진즉에 그럴 것이지! 큭큭, 좋아! 사냥터 업그레이드 가야지! 응?!

사람의 스케일이 크든 어떻든, 차상식은 지금은 그저 게임에 열광하는 아저씨일 뿐이다.

§ § §

잠시 후, 공항 VIP라운지에 당도한 한결은 담당 스튜어디스의 안내를 받았다.

"항공기 출발시간까지 라운지에서 간단한 다과나 음료, 주류를 즐기시면 됩니다. 혹시 피곤하시면 안쪽 침실에서 휴식을 취하실 수도 있습니다. 준비해 드릴까요?"

"아니요, 그냥 술이나 좀 마시고 있을게요."

"네, 알겠습니다. 출국 30분 전에 모시러 오겠습니다."

-술 좋지~

한결은 라운지에 있는 고급 위스키를 두 잔 따라서 연거푸 마셨다.

그러자 식도에서 뜨끈한 기운이 느껴지면서 코에서 향긋함이 감돌기 시작했다.

'좋네!'

-위스키는 자고로 실온에 좀 놔 뒀다가 마셔야 제맛인데.

'위스키 싫어하신다고 안 했어요?'

-뭐, 그렇긴 한데, 비즈니스는 다른 거니까. 예전에 위스키 회사를 인수해서 합병한 적이 있었거든? 그때 좀 배워 뒀지.

'와! 인수를 안 한 게 뭐야?'

-이 비즈니스라는 게 게임이랑 비슷해. 첫 사냥터에서는 성장속도도 빠르고 사냥감도 많지만, 점점 몸집이 커질수록 한 번에 사냥할 수 있는 사냥감의 숫자도 한정되고 성장도 느려지잖아. 그런 것이랑 같아.

'아하! 일반시장에서는 먹을 게 없어지는구나!'

-당연하지! 레벨1 때에는 경험치 조금만 먹어도 성장하지만, 레벨 100이 되면 몇천만의 경험치를 먹어도 렙업이 안 되거든. 그런 이치야.

'일반 주식투자로는 감당이 안 되는 크기라……'

-그게 바로 바이아웃 시장의 묘미야. 렙업이 졸라 힘들긴 한데, 막상 레벨업을 해 보면 먹은 게 엄청나게 많거든!

술을 넉 잔 정도 마시고 나니 스튜어디스가 생긋이 웃으며 다가왔다.

"고객님, 이제 기내로 올라가셔야 합니다. 수속은 저희가 마쳤으니 탑승만 하시면 됩니다."

"고맙습니다."

출국 게이트를 향해 걸어가는데 스튜어디스가 한결에게 비즈니스 잡지를 건넸다.

한결은 이게 뭔가 싶어 고개를 갸웃했다.

"이게 뭡니까?"

"사진보다 실물이 훨씬 잘생기셨네요."

"어?"

비즈니스 잡지를 펼쳐 보니 'IL그룹과 태선그룹의 기 싸움'이라는 제목으로 기사가 작성되어 있었고, 그 아래에는 한결의 사진이 첨부되어 있었다.

'…내가 이런 인터뷰를 한 적도 있었나?'

-큭큭큭! 불법도용이네~

'아냐!'

-회사 홍보팀에서 일부러 사진을 가져다 났나 보네. 네가 다른 건 몰라도 허우대는 멀쩡하잖냐.

'기왕이면 좀 잘 나온 사진을 가져다 써 주지!'

-원래 잡지에 나온 내 사진은 뭘 써도 마음에 안 들어. 그냥 그러려니 해라.

'뭐, 그래도 업계에서 이름을 날린다는 목표는 달성한 셈이네요.'

-아, 그러네! 모로 가도 서울만 가면 되는 법이지. 목표 달성 축하한다! 크크크!

자신도 모르는 사이에 한결은 점점 더 유명해져 가고 있었다.

한결이 항공기에 오르기 직전, 스튜어디스는 그에게 까만색 ID카드를 건네주었다.

"이제부터 항공사를 이용하실 때에는 이것을 사용하시면 됩니다."

"감사합니다."

"즐거운 여행 되시기 바랍니다."

ID카드에는 '항공사 VIP카드'라는 이름이 새겨져 있었다.

'뭔가 좀 있어 보이네요?'

-아마 요긴하게 쓰일 일이 종종 있을 거다~

한결은 카드를 지갑 속에 잘 갈무리했다.

§ § §

인천에서 로마까지 직항으로 여행하는 동안 차상식은 드라마 시리즈의 절반을 정주행했고, 한결은 롤플레잉 게임의 캠페인을 마무리 지었다.

'와! 잉여롭게 잘 지냈다!'

-에이, 잉여라니! 인마, 가끔은 사람이 이럴 때도 있어야 하는 법이야. 죽기 직전까지 일만 해 봐? 나처럼 귀신이 되는 거야.

'음, 그건 확실히 문제가 있네요.'

-'그건'이라는 단어가 좀 걸리적거린다?

'큭큭큭!'

비행기는 이제 레오나르도다빈치 공항에 도착했다.

랜딩기어를 내리고 활주로에 내려앉은 비행기가 서서히 느려지자 창밖의 풍경이 자아내는 색채가 한국과는 다르다는 느낌이 피부로 와 닿았다.

'유럽은 약간 파란 느낌이네요?'

-풍겨 오는 분위기가 동양이랑은 많이 다르긴 하지.

한결은 가져온 짐이 백팩 하나가 전부였기 때문에 따로 개인화물을 찾을 필요도 없었다.

홀가분하게 비행기에서 내려 공항 로비에 당도했다.

입국절차를 밟으려 심사대를 통과하려는데 검색대 직원이 한결에게 다가왔다.

"잠시 검문이 있겠습니다."

"네?"

"항공사에 제시했던 인증서를 보여 주시겠습니까?"

한결은 검색대 직원의 지시에 따라 스마트폰 인증서를 내밀었는데 직원은 PDA로 인증서의 QR코드를 인식시켰다.

삐빅!

인식이 끝나자 검색대 직원이 한결에게 따라오라는 손짓을 했다.

"비자에 오류가 있습니다. 잠시 따라오시지요."

"…어? 이탈리아는 무비자로 90일까지 체류 가능하지 않던가요?"

"따라오세요."

한결은 뭔가 잘못된 것인가 싶어 고개를 갸웃거렸다.

'아저씨, EU국가는 원래 90일 무비자 체류가 가능하지 않아요?'

-글쎄다. 뭔가 문제가 있나 보지.

사업가들은 보통 이런 문제에서도 의연한 것인가, 한결은 이 상황이 도저히 이해가 가지 않는다.

출입국사무실에 도착한 한결은 심사대기실에서 잠시 앉아서 기다리라는 지시를 받았다.

"어디 가지 말고 계세요."

"네, 뭐……"

범죄라도 저질렀다는 것일까?

도대체 어떻게 된 일인가 싶어서 기다리고 있는데 잔뜩

굳은 표정의 출입국사무소 관계자가 한결에게 다가왔다.

"반갑습니다. 알베르토라고 합니다."

"신한결입니다. 그나저나 무슨 일이십니까?"

"나 참… 내가 공직생활 20년 동안 이런 일은 또 처음이네요. 레오나르도다빈치 국제공항 국공채의 지급이 밀려 있는데 수급을 안 하시니 여권에 수배가 붙었잖습니까."

"…지급이 밀리다니? 저는 빚을 진 적이 없는데요?"

"아니, 빚이 아니라 3천만 유로의 수령금액이 남으셨다고요. 거참, 제때 좀 찾아가시지. 비자 발급도 잘 받으시고. 투자비자가 발급된 것도 모르고 오셨어요?"

"네?"

"비자 이중발급으로 경찰서에 가실 뻔했잖습니까."

한결은 깜짝 놀라서 차상식을 쳐다보았다.

그러자 차상식은 딴청을 피울 뿐이었다.

'어이, 금쪽이 아저씨! 어떻게 된 거예요?'

-…이야, 공항 많이 좋아졌네! 내가 투자할 때만 해도 적자가 얼마라고 그랬더라?

'에이, 진짜! 이럴 거면 진즉에 말을 해 주든가! 이탈리아 SOC에 투자했었어요?'

-아! 내가 그랬었나? 기억이 잘 나지 않아서…. 뭐, 아무튼 간에 여행자금도 받고, 좋잖냐?!

'아놔!'

―크크크! 솔직히 까마득하게 잊고 있었다. 와, 내가 나이가 들더니 진짜 기억력이 똥망이 돼 버렸나 봐!

'아무래도 수상한데?'

차상식이 또 뭔가 꾸미고 있는 것은 아닌가 싶었지만, 일단 비자의 이중등록은 환영받지 못한다니 하나는 없애기로 했다.

"제가 모시던 선생님이 계신데, 항공권을 인계해 주시면서 일이 이렇게 되어 버렸나 봅니다! 투자비자는 폐기하시고……."

"아니요, 일반비자를 폐기하셔야죠. 항공권 인계가 중요한 게 아니라 항공사에서 신탁을 해제해서 이제 사업자 신분으로 왕복하셔야 합니다."

"어? 신탁이요?"

"아무튼, 저희들도 바쁜 사람들이니까 얼른 공항 측 변호사한테서 남은 절차 해결 받으세요. 그럼 비자는 전달했으니 저희들은 가 보겠습니다."

공돈이 생기기는 했는데 뭔가 좀 찝찝한 마음이 들었다.

§ § §

공항을 나와 버스에 올라탄 한결은 차상식을 흘겨봤다.

'…또 숨긴 건 없는 거죠?'

-에헤이, 숨긴 게 아니라 깜빡했었다니까? 진짜야!

'거짓말도 좀 정도껏 하시죠? 아저씨가 깜빡할 사람이에요?'

-큭큭큭, 그런가?

'아니, 근데 나한테 진즉 얘기를 했으면 될 것을 왜 굳이 이렇게 서프라이즈를 해 주는 거예요?'

-인마! 이게 다 교육의 일환이라는 거다. 그러니 버스 탄다~ 생각하고 그냥 편하게 하면 되는 거야. 알겠냐?

'진짜 알다가도 모를 양반이네.'

버스를 타고 가는 길, 로밍한 스마트폰으로 메시지가 왔다.

[AIB 제임스 스와든 : 동백숲 쪽에서 연락이 왔습니다. 미국계 투자회사인 엘버트 컴퍼니가 한국에 투자처를 찾고 있다고요]

'엘버트? 유명 사모펀드 아니에요?'

-맞아, 엘버트 가르시아라고, 머리 벗겨진 아저씨가 만들었지.

'이 사람들에 대해 잘 아시나 봐요.'

-우리 와이프 사촌오빠.

다소 무덤덤하게 얘기하고 있지만 엘버트 가르시아는 사

모펀드를 거론할 때 무조건 등장하는 살아 있는 사모펀드의 전설과도 같은 사람이었다.

'아…! 그럼 아저씨랑은 관계가 있는 사람이네요!'

-관계가 있기는 하지. 내가 이미 고인이라서 그렇지만.

'음, 그럼 나와의 관계는 어떨까요?'

-글쎄다. 그쪽에서 어떻게 생각하기에 따라 다르겠지? 엘버트 가르시아는 나를 썩 좋아한 사람은 아니지만, 회사에선 생각이 달랐거든. 그래서 결국 투자파트너가 되긴 했었는데, 사이는 전보다 더 개판이 되었달까?

'공적인 관계는 좋았으나, 사적으로 완전 찐빠였다는 거잖아요?'

-찐빠…. 큭큭, 그래! 찐빠라는 단어가 딱 어울리네. 찐빠도 아주 개 찐빠였지!

'그렇다면 아저씨 제자라는 건 말하지 않는 게 좋겠어요. 만약 합작 투자를 하게 된다면 말이죠?'

-당연하지! 당장 맞짱 뜨자고 안 하면 다행일 거다!

한결은 우선 투자처 제공에 대해 얘기해 보기로 했다.

[나 : 최근에 알타시아 인프라 관련 사업이 뜨고 있습니다. 잘하면 진출기회가 생길 것 같은데, 그쪽으로 알아보면 어떨까요?]

[AIB 제임스 스와든 : 그럼 여행 다녀오신 뒤에 곧바로

온라인 미팅을 잡아 보겠습니다]

 '시기가 좋네요! 어차피 IX홀딩스에서 신작 프로젝트를 준비해야 하는데, 거기에 맞춰서 투자처를 좀 고민해 볼까 봐요!'
 ─아주 IX홀딩스에서 빼먹을 수 있는 것은 최대한 빼먹으려는 거구나?
 '무려 9개월이나 남았잖아요. 그 시간이 우리에겐 얼마나 황금 같은 시간인데, 이 정도야, 뭐!'
 이제 곧 IX홀딩스가 IL그룹으로 다시 인수된다는 얘기가 있었다. 그렇다는 것은 한결도 이제는 대기업 계열사 사원이 된다는 것인데, 그 기회를 어물쩍 흘려 버릴 수는 없는 노릇이다.
 '듣자 하니 대기업들이 인프라 구축 사업에 속속히 뛰어들고 있다고 하던데, 그 방면으로 투자처를 좀 알아보는 게 좋겠어요.'
 ─좋은 방법이네.
 '그나저나 동백숲은 도대체 어떤 사람일까요?'
 ─…음, 글쎄? 넌 뭔가 느낌 오는 게 없어?
 '아… 뭐, 느낌이 오긴 하는데, 썩 나쁘지는 않아요.'
 ─딱 그런 느낌일 거야. 경험해 보면 알게 되겠지?
 '음.'

차상식은 미묘하게 웃고 있고, 한결은 그저 창밖을 바라보고 있을 뿐이었다.

§ § §

뉘엿뉘엿 해가 질 무렵, 한결은 이탈리아 외국 식료품 상점에서 소주를 두 병 샀다.

소주를 들고 콜로세움이 잘 보이는 포인트를 찾아 자리를 잡았다.

'이야, 내가 살다살다 이탈리아 콜로세움 앞에서 소주를 마시게 될 줄이야!'

-크흐! 이게 낭만이지! 안 그냐?!

'확실히 낭만은 있네! 한잔할까요?'

-좋지!

남자답게 강소주를 까서 두 모금 연거푸 마셨다.

그러자 정신이 번쩍 들 정도로 술기운이 확 돌기 시작했다.

"크!"

-야, 죽인다! 한 잔 더 마시자!

이상하게도 분위기가 좋으니 술도 잘 안 취하는 것 같은 기분이 든다.

가만히 석양을 바라보다가 한결은 불현듯 차상식에 대한

궁금증이 일었다.

'그런데 있잖아요? 아저씨는 어째서 투자자가 되기로 결심했던 거예요?'

―투자업계로 들어선 계기가 궁금하다는 거냐?

차상식은 저물어 가는 석양을 두 눈으로 응시한 채로 말했다.

―내가 태어났을 때만 하더라도 대한민국은 절망의 땅이었지. 전쟁이 끝난 지 얼마 지나지 않아 전 국토가 죄다 잿더미였거든. 그나마 휴전협정이 5년쯤 지나고 화마에 그을린 상처가 조금씩 아물어 가고는 있었지만, 그게 그렇게 쉽게 치유될 상처는 아니었잖냐.

'그건 저도 학교에서 배웠어요.'

―내가 기억하고 있는 시절만 하더라도 학교도 제대로 못 다니는 친구들이 심심치 않게 있었거든. 오히려 나는 운이 좋았달까? 어려서 내 재능을 알아본 보육교사님이 기업후원을 붙여 주셨어. 그때나 지금이나 제대로 된 인재라는 검증만 되면 기업에서 써먹으려고 득달같이 달려들곤 하잖냐. 그 덕분에 전폭적인 후원을 받으면서 전교 1등을 놓친 적이 없었고, 고시 3관왕 붙고, 아시아개발은행 경시대회에서 우승까지 한 거야.

'운이 좋아서만은 아니겠죠. 아저씨도 엄청 노력했을 거 아니에요?'

차상식은 피식 웃음을 지었다.

-아닌데? 나는 태어나서 공부라는 걸 해 본 적이 없어. 그냥 책만 봤을 뿐인데 이렇게 된 거거든.

'…그래, 어째 잘나간다 싶었지.'

-크크크!

진지한 얘기가 싫어서 일부러 가볍게 보이고 싶어한다는 것이 이럴 때 드러난다. 때문에 한결은 차상식이 무슨 장난을 치든 그냥 그러려니 하는 것이다.

-아무튼, 그러다가 일본 은행에서 인턴십 마치고 한국으로 돌아와서 대기업 증권사 취직하고… 뭐 그렇게 된 거지. 사실은 어떤 목적이 있어서 한 건 아니야. 뭐랄까, 그냥 하다 보니 그렇게 되었달까?

'목표는 있으되 목적이 없었군요.'

-목표……. 아니야, 난 목표도 없었어. 그냥 발을 담갔으니까, 어른들이 시켰으니까 여기까지 온 거지.

'아!'

-나는 수동적인 삶을 살았어. 어려선 어른들의 기대에, 젊어선 회사의 압박에, 나이 들어선 주주들 등살에…. 뭐, 그런 삶이었지.

'안타깝다… 고 해야 하나.'

-솔직하게 말하자면, 난 네게 뭔가를 강요하고 싶은 마음은 없어. 처음 내 제자가 되라고 했을 때만 해도 너를 쥐

고 흔들 방법이야 얼마든지 있었거든. 하지만 그런 투자는 네 의지가 아닌 거잖아. 나의 의지인 거지.

'그래서 물 흐르듯이, 굳이 별다른 말 없이 판만 깔아 주는 거군요!'

-…뭐, 그런 셈이라고 치자!

차상식은 겉모습과는 달리 속 깊은 면이 있었다. 하지만 아마도 자신의 인생을 돌아볼 여유는 없었을 것이다.

그만큼 그의 삶은 수동적이었지만, 치열했을 테니 말이다.

'또 버킷리스트 없어요?'

-버킷… 있지!

'뭔데요?'

-다음부터는 캐릭터 스탯 잘 찍어.

'에이, 진짜!'

-크크크!

'농담 말고. 하고 싶은 거 없어요?'

-음… 그건 내가 때가 되면 또 말해 줄게.

'알겠어요!'

§ § §

여행은 1박 2일로 끝이 났다.
짧은 기간이었지만 여행은 생각보다 뜻깊은 시간이 되었다.

[다음 역은 역삼, 역삼역입니다…]

'한 삼일 푹 쉬었다고 좀 가뿐하네요!'

-젊어서 좋것다! 조금 더 나이 들면 삼일 쉬어도 체력 회복이 잘 안 되거든.

'에이, 나랑 아저씨랑 같습니까? 내 근육량이 얼마인데!'

-…아, 거 새끼! 넌 인마, 뇌까지 근육으로 되어 있을 거야!

'크크크!'

2박 3일의 휴가를 끝내고 돌아온 한결은 투자관리부로 출근했다.

웅성, 웅성.

한데 이상하게도 투자관리부 앞에 어쩐 일로 사람들이 바글바글했다.

'뭐지?'

-벼룩시장이라도 열렸나?

한결이 출근도장을 찍자 사람들이 그에게로 시선을 쏟았다.

"좋은 아침! 그나저나 왜 이렇게 모여 있어요?"

"부장님! 큰일입니다!"

"큰일이라니? 이 아침부터요?"

"우리가 납품 중인 건자재들에 수출금지 명령이 떨어졌

습니다!"

순간, 한결은 고개를 갸웃거렸다.

"수출금지라니? 무슨 근거로 말입니까?"

"지금 우리가 수출 중인 건자재는 이탈리아 건자재 화학사인 도메르노 컴퍼니에서 특허권 로열티를 지불해서 만들고 있거든요. 그런데 도메르노 컴퍼니가 얼마 전에 특허권을 팔아 치우고도 계속해서 기술 로열티를 챙겨 왔던 겁니다."

"엇?"

"하필이면 특허권을 인수한 회사에서 그걸 법적으로 걸고넘어지는 바람에 일이 꼬여 버렸습니다. 도메르노 컴퍼니가 로열티만 빨아먹고 잠적해서 이탈리아 정부가 지금 수출 일시정지 가처분을 신청했다는군요."

확실히 문제는 문제였다.

하지만 돌파구는 언제나 있기 마련. 한결은 간단하게 생각했다.

"다른 업체들 선정하면 되잖아요?"

"지금 한국에서 구할 수 있는 원자재는 딱 남아시아 국가에서만 사용 가능하고 싱가포르나 베트남에선 사용 불가능하다고 합니다. 베트남 건설현장 감리가 스페인 회사거든요."

싱가포르는 전통적으로 건설감리가 깐깐하기로 유명하

고, 스페인은 장인정신으로 유명했다. 어떤 식으로든 간에 해외의 눈높이에 맞추려면 지금으로선 방법이 없다.

'아놔…… 일이 복잡해졌네?'

-별수 있냐? 기술력 좋은 회사들을 키워 내는 수밖에는 없지.

순간, 한결은 지금이야말로 자신이 나설 때라는 것을 깨달았다.

"한국 중소기업 중에 실력 좋은 회사들을 찾아보죠!"

"저 사람들 허들이 워낙 높아서, 이게 참……."

"한국이 안 되면 외국으로 나가면 되죠."

"어?"

시야를 넓히면 얼마든 길은 보인다.

"사모펀드의 힘을 빌리면 해외 기업들의 인수합병을 통해 한국으로 기술을 끌어 올 수 있습니다. 만약 합병이 힘들다면 세컨더리 거래를 통해서 경영권이라든지 특허권을 인수해 볼 수도 있는 거고요."

"역시!"

"그나저나 왜 이렇게 사람들이 바글바글해요? 설마하니 그 문제 때문에 이 많은 인원이 다 모인 것은 아닐 테고."

"아! 다른 게 아니라 부회장님께서 직접 방문하신다고 해서 이곳에 모였습니다."

"부회장님께서요?"

방영호 부회장은 얼마간 회사에 두문불출했었는데 오늘에서야 그 모습을 드러낸다는 것이었다.

잠시 후, 방영호가 경영진들과 함께 모습을 드러냈다.

"다들 모였나?"

"예, 부회장님!"

"중요하게 발표할 것이 있어서 이곳에 모이라고 했네. 신한결 부장, 있나?

한결은 방영호의 부름에 손을 번쩍 들었다.

"여기 있습니다!"

"앞으로 나오게."

"…예!"

도대체 무슨 일로 자신을 부른 것일까?

한결은 별일이 다 있다 싶은 생각을 하면서 앞으로 나섰다.

방영호는 그런 한결에게 상당히 파격적인 소식을 들려주었다.

"자네를 우리 회사 상무로 승진시키는 동시에 자산운용실장으로 인사이동을 시키기로 했네."

"…………예?!"

순간, 주변에 있던 모두가 입을 떡 벌렸다.

"30대에 상무?!"

"와, 대단하긴 하네!"

사람들은 다소 충격적이라는 반응을 보였지만 방영호는 별 대수롭지 않게 여론을 잠재웠다.

"우리 파트너 회사인 삼선그룹은 30대 상무이사가 수십 명이야. GL그룹 총수는 심지어 40대 아닌가. 너 나 할 것 없이 회사가 젊어지는데 우리만 뒤처질 수 있어?"

"아!"

"젊고 능력 좋은 사람들이 많아야 회사가 살아나지. 안 그래?"

최근 대기업들은 젊고 유능한 인재들을 최대한 많이 기용해 세련되고 공격적인 마케팅으로 세계시장에서 경쟁하고 있다.

방영호의 방침은 그런 '젊은 피' 전략을 앞으로 더욱 공격적으로 펼쳐 나가겠다는 뜻이나 마찬가지였다.

"어쨌거나 신한결 상무."

"…넵!"

"오늘부로 신임 자산운용실장으로 취임하게 되었으니, 우리 회사의 살림을 잘 부탁해."

"감사합니다!"

이 순간, 한결은 생각한다.

방 씨 형제가 자신을 상무이사로 기용한 것에는 다 이유가 있을 것이라고 말이다.

'뭔가… 졸라 빡셀 것 같다는 본능적인 느낌이 드는데요?'

―큭큭, 당연하지! 이제 서른 언저리인 놈에게 상무이사? 이참에 아예 뽕을 뽑겠다는 뜻이지!

쉽지 않은 길이 예상되는 순간이었다.

§ § §

한결은 회사를 다니면서 처음으로 '사택'을 논하는 자리에 가게 되었다.

"여의도에 자택이 있으시다고 나오는데, 혹시 역삼동으로 이사를 오실 생각이 있으시다면 그렇게 조치해 드리겠습니다."

"아니요, 그럴 필요는 없습니다."

"그럼 휴식공간으로 오피스텔을 제공해 드리겠습니다. 괜찮으실까요?"

"네, 뭐……."

"차량은 자가용이 있으시지만 잘 사용하지 않으신다고 하셨는데, 기사가 필요해서 그러신가요?"

"아니요, 지하철이 좋습니다."

"지하철을 이용하시는 건 저희들이 좀 곤란한데요."

IX홀딩스의 비서실은 임원들의 업무효율을 높이는 것이 최우선 과제인 집단이다. 현재 한결의 동선은 그들로선 곤혹스러운 문제였다.

"…오피스텔에서 출퇴근하겠습니다. 집에는 주말에만 가고요."

"참고로 임원진들은 주말 보장 안 되는 거 잘 아시죠?"

상무이사 이상의 임원진들에게 주말 따위는 없다. 마음만 먹는다면야 월요일이고 화요일이고 결근을 해도 상관은 없으나, 그만큼의 성과를 보여 줘야 한다는 부담감이 있었다.

한결은 쓰게 웃으며 답했다.

"압니다."

"그럼 오피스텔에서 출퇴근하시는 것으로 하시고……. 외근 시에는 반드시 차량을 이용해 주시기 바랍니다."

"반드시 말입니까?"

"전략적인 이유가 아니라면 품위유지를 위해서라도 차량은 있으셔야 합니다."

한결은 질렸다는 듯한 표정이 되어 버렸다.

-크크큭! 뭘 이 정도 가지고 그러냐? 언젠가는 대표이사에 회장까지 해먹을 사람이.

'원래 임원이 되면 더 자유로운 거 아니에요?'

-누가 그래? 임원이 자유롭다고. 임원은 길거리에서 마음대로 노상방뇨도 못 해. 잘못 걸리면 개 쪽당한다고 주변에서 얼마나 왈왈대는데!

'와!'

―이미지 관리를 해야 하는 자리에 가면 다 그런 거다! 이 참에 스포츠카나 끌고 다녀. 조금 더 적극적으로 광고하는 것도 나쁘지 않을 것 같아.

한결은 쓰게 웃으며 비서진들의 말에 고개를 끄덕여 주었다.

"알겠습니다. 마침 차가 한 대 있는데, 그걸 타고 이동하는 것으로 하지요."

"잘 알겠습니다. 실례지만, 차종이 어떻게 되시죠? 만약 시가 2억 이하이면 저희들이 교체처리를 해 드려야 해서요."

언젠가부터 차는 그 사람의 명함처럼 쓰였다. 이제 막 부장에서 상무로 벼락 승진한 사람이라 약간은 깔보는 면도 없지 않아 있는 모양이었다.

한결은 그런 그들에게 덤덤하게 차량명을 말해 주었다.

"V-F5 레볼루션 로드스터입니다."

"보자…. V-F5 레볼… 어?"

차량을 검색해 보던 비서진들은 고개를 갸웃거렸다.

"이거… 한국에 한 대밖에 없는 것으로 아는데요."

"알아요. 그 차가 제 겁니다."

"헛!"

"차량등록증도 가져다 드려야 하나요?"

"아, 아니요, 그럴 필요는 없습니다."

―크크크! 차가 명함이면, F5는 거의 골드클래스지!
이럴 땐 차가 있어서 다행이라는 생각도 든다.

§ § §

재무관리실에선 과연 어떤 일들이 벌어질까?
한때 재무이사를 회사에서 내쳐 버렸던 한결이 항상 생각하던 것들이었다.
"IL그룹과의 합병으로 인해 출자회수를 단행해야 할 부분들이 많습니다. 기존의 재무업무를 IL그룹 재무이사실에서 통합한다는 얘기도 있던데, 협력사 출자 부분은 어떻게 하면 좋을까요?"
"출자회수는 어차피 진행 중이던 부분이니 그대로 진행하고, 협력사 출자 부분은 내가 직접 눈으로 확인하고 처리할 테니 관련 보고서 가져오세요."
"알겠습니다."
생각보다 업무량이 많지는 않았다.
'부장일 때보다 널널한데요?'
―흠! 상무이사쯤 되면 원래 일이 졸라 빡세야 정상인데? 다른 것도 아니고 능력만 보고 뽑은 거라면 특히?
'어째 내가 뺑이를 좀 쳤으면 싶었다는 말투 같네요?'
―아까워! 졸라 굴려야 제맛인데!

막상 와 보니 그렇게까지 힘든 일은 없겠다 싶은 생각이 든다.

그러나…….

똑똑!

"상무님, IX인터에 신임 재무관리실장이 부임했다고 잠깐 뵙자고 합니다."

"그래요? 알겠습니다."

"그리고 IL그룹 재무관리자들과의 면담이 오후 2시에 잡혀 있습니다. 3시부터는 금감원 미팅이 있고, 4시부터는 공정위, 5시부터는 은행권 미팅이 있고…. 9시에는 경영진 술자리가 잡혀 있습니다."

"…스케줄이 뭐 그리 빡빡해요?"

방금 전에 보고를 올렸던 윤채석 부장은 이해할 수 없다는 듯이 한결을 쳐다보았다.

"빡빡하다니요? 이렇게 한가한 날도 드문데 말입니다."

"…이게 한가하다고요?"

"원래는 30분 단위로 스케줄이 잡혀 있어야 정상인데, 그나마 승진하시기 전에 워낙 씨알 굵은 일들을 처리해 놓으셔서 여유가 있는 겁니다."

"허!"

―그래, 내 이럴 줄 알았지! 짬으로 올라온 상무도 아니고 30대의 벼락출세 상무이사 아니냐?

벌써부터 뽕을 뽑으려는 모양이었다.

하지만 한결은 오히려 좋았다.

"좋네요! 그럼 얼른 움직여 볼까요?"

"먼저 IX인터로 가셔야 합니다."

"필요한 서류는 메신저로 보내 줘요."

"외근을 나가시는데, 혼자 가십니까?"

"차에 딱 두 명 탈 수 있는데 그마저도 짐 싣고 나면 자리가 없어요. 서포트는 원격으로 해 주면 되겠네요."

이렇게 나노단위로 시간을 쪼개야 하는데 사람까지 따라다니면 숨이 막힐 것 같아, 한결은 혼자 다니는 것을 선택했다.

비서실에선 별로 안 좋아하는 것 같았지만 일단은 지금 이것이 한결에게는 최선이었다.

"…일단 알겠습니다. 하지만 효율이 떨어진다 싶으면 바로 서포터를 붙여 드릴 수밖에는 없습니다."

"그래요! 그렇게 하자고요."

승진을 하니 어째 잔소리를 하는 사람이 더 늘어난 것 같은 기분이 든다.

'피곤하네, 이거.'

-크크크! 빡세게 일하고 이따가 저녁에 소주 한잔하고 자면 되지!

'휴우! 그래요, 그러자고요.'

§ § §

 스포츠카를 타고 IX인터에 도착하니 벌써부터 황 부장이 마중을 나와 있었다.
 지하주차장에 차를 대고 내리자 황 부장이 꾸벅 고개를 숙였다.
 "상무님 오셨습니까!"
 "아이, 부장님! 왜 이러십니까?"
 "상하관계는 칼같이 지켜야지요! 헤헤, 그럼 가실까요?!"
 오히려 황 부장은 한결이 승진을 하니 얼굴이 한층 더 편하고 밝아진 것 같다.
 ―크크크! 주인마님이 승진하셨다고 좋아한다, 야!
 '젊은 놈한테 굽실거리는 게 짜증 나는 게 아니고요?'
 ―인마, 생각해 봐! 너처럼 능력 좋은 상무이사가 내 라인이라고 생각하면 기분이 날아갈 것 같지 않겠냐? 그것도 모회사 이사진인데 말이야.
 '아! 그럼 황 부장은 지금 자기가 내 라인이라고 생각하는 거잖아요?'
 ―당연하지. 노비도 라인은 라인이야. 몰랐어?
 '음.'
 ―앞으로 회사생활 하는 동안 라인전도 배우고 해야 할

텐데, 괜찮을지 모르겠네. IL그룹으로 올라가면 상무이사 정도는 치이고도 남을 거거든.

'갈수록 복잡해지네요.'

-그게 원래 회사생활이라는 거다!

IL그룹은 IX홀딩스와는 차원이 다른 조직이다. 규모부터도 남다르지만, 기업집단이 가지고 있는 카리스마 자체도 클래스가 달랐기 때문이다.

한결은 IX인터 재무관리실에 당도했다.

똑똑.

재무이사 집무실에 인기척을 내자 누군가 문을 열고 나왔다.

40대 후반, 어쩌면 50대로 볼 수도 있을 법한 여성이 한결을 맞이한다.

"아, 오셨군요! 반가워요. 마르티나 기조르노라고 해요."

"신한결입니다."

"이탈리아에서 와서 한국어가 좀 서툴러요. 이해해 주세요."

"아닙니다. 네이티브라고 해도 믿겠습니다."

한국어가 유창한 그녀는 이탈리아인이었다.

순혈주의를 강조하던 IX인터가 외국인 간부를 등용한 것은 이번이 처음이었다.

'쇄신의 물결이 일고 있다는 반증일까요?'

-일단 너를 사냥꾼으로 쓸 때부터 쇄신은 정해진 수순이

긴 했어.

'회사가 젊어져야 한다는 생각인가?'

-원래 방 씨 일가가 엄청 고지식하거든. 그런데 그 이사회가 꼰대처럼 상전 노릇을 하니 오히려 반감이 생긴 거 아닐까?

'거울치료 같은 거예요?'

-그래! 거울치료 같은 거야!

마르니타는 한결을 만나자마자 본론부터 바로 꺼내 들었다.

"얘기 들으셨죠? 건자재 생산 회사들이 전부 수출금지에 걸려서 사정이 좀 안 좋아요. 뭔가 대책을 세워야 할 것 같은데 말이죠."

"해외 기업들을 인수하거나 원천기술을 사 오는 것에 대해선 어떻게 생각하십니까?"

"흠…… 글쎄요, 본사에서 그리 생각하신다면야 따라야 하겠지만, 만약 그리된다면 이탈리아에서 우리가 가지고 있는 건자재 시장의 지분율을 깡그리 먹어 치울 겁니다."

"공사기간이 늘어나니까요?"

"네, 맞아요. 기업에게 있어 공사기간이 늘어난다는 것은 건설비용의 증가로 이어지는 직격탄이 될 수도 있습니다. 그렇기 때문에 어떤 기업이든 최대한 빨리 완공을 하려고 하는 것이고요."

시간이 너무 제한적이었다. 아무리 한결이 날고 긴다고 한들, 그 기한을 모두 맞춘다는 것은 말이 안 되는 일이었다.

'업무의 난이도가 정말 하늘과 땅 차이네…….'

-내가 말했잖냐. 이건 게임의 레벨업과 비슷한 개념이라니까?

'어쨌거나 렙업만 하면 얻는 건 더 많다는 거잖아요?'

-당연하지!

지난번 몰리브덴 사건은 타이밍 싸움이었기 때문에 누가 먼저 미국의 의도를 파악하느냐가 관건이었다.

하지만 이번엔 경우가 달랐다.

그야말로 맨주먹으로 벌이는 격투나 마찬가지였다.

"최악의 경우에는 현재 해외의 건자재 시장은 포기하고 새로운 루트를 뚫어야 할 수도 있습니다."

"그건 안 됩니다. 건자재 시장은 빠른 시일 내에 성장할 것입니다. 특히나 베트남 시장의 경우엔 IX인터의 젖줄과도 같은 사업인데, 그길 어찌 포기하겠습니까?"

IX인터의 프로젝트는 한결이 완수한 것들이 많았다. 그것을 포기한다는 것은 자신의 커리어를 깎아 먹는 일이다.

그러나 마르티나의 생각은 조금 달라 보였다.

"그렇다고 되지도 않는 시장을 붙잡고 있는다고 손해를 안 보는 건 아니잖습니까?"

-오호오오! 쎈데?! 너, 이 여자 감당할 수 있겠어?

단순히 연륜만 있는 것이 아니었다.

마르티나는 상당히 저돌적이면서도 과감한 성격의 소유자였다.

"저는 IX인터가 손해를 보는 걸 절대 인정할 수 없습니다. 그것이 만약 IX홀딩스의 뜻이라고 하더라도 저는 한 푼이라도 밑지는 장사는 할 수 없다는 겁니다."

"벌써부터 의견이 대립하는군요."

"별수 없습니다. 이게 비즈니스 세계라는 곳의 본모습이니까요."

결코 한 발자국이라도 물러설 수 없다, 그것이 비록 모회사의 지시라도 말이다. 그런 엄청난 의지를 보여 주는 그녀에게 과연 한결은 어떤 선택지를 줘야 하는 것일까?

한결은 우선 엔젤투자협회부터 시작해 주변을 한번 둘러보기로 했다.

"좋아요, 그럼 다음 주까지 제가 대안을 만들어 오지 못한다면 기조르노 상무의 말대로 합시다."

"감사합니……."

"다만!"

"……?"

"당신도 내가 만족할 만한 대안을 가져와야 할 겁니다."

-오, 카리스마!

커리어를 위한 일이다.

한결도 절대 물러설 생각이 없다.

그렇게 대립각을 세우는 그에게 기조르노는 뜻밖의 얘기를 꺼냈다.

"좋습니다. 서로 만족할 만한 대안? 찾으면 좋겠죠. 하지만 이거 하나는 명심하는 게 좋을 겁니다. 저들의 노림수는 생각보다 깊이 뿌리 박혀 있다는 것을요."

"…노림수?"

"잘못하면 OEM, ODM 회사들 전부 다 날아갈 겁니다. 왜냐고요? OEM이든 ODM이든 완전히 자기 기술로 물건을 만드는 회사들은 없어요. 놈들은 그놈을 노린다는 거예요. 조금 더 넓게 보세요. 아마 내가 왜 포기를 거론하는지 깨닫게 될 겁니다."

순간, 한결은 가슴이 철렁했다.

'잠깐, 이거 잘못하면 AS컴퍼니가 아주 새 된다는 뜻이잖아요?!'

-음! 위탁제조의 맹점을 제대로 찔렀네. 특허권 로열티로 소송에 휘말리면 답이 없다는 것을 이용하고 있는 거야.

'…이 새끼들 좀 보소?'

이제 이 일은 더 이상 IX홀딩스의 일이 아니었다.

한결의 생존이 달린 일이 된 것이었다.

『투자의 귀신』 5권에서 계속